〔宋〕蘇轍 撰

詩經經典

（三）

北方聯合出版傳媒（集團）股份有限公司
萬卷出版有限責任公司

詳校官山東道御史臣温常綬

欽定四庫全書

詩集傳卷十一

宋 蘇轍 撰

祈父之什 小雅

祈父刺宣王也

祈父予王之爪牙胡轉予于恤靡所止居

祈父司馬掌封圻之兵書作圻父宣王之末敗於姜氏之戎爪牙之士為是怨之歟恤憂也

祈父予王之爪士胡轉予于恤靡所底止祈父亶不聰

胡轉予于恤有母之尸饔

亶誠也尸主也饔祭食也士憂兵敗身没不得還守

祭祀而使母獨主祭也

祈父三章章四句

白駒大夫刺宣王也

皎皎白駒食我場苗縶之維之以永今朝所謂伊人於

焉逍遥

宣王之世賢者有不得其志而去者君子思之曰白駒人之所願乘也苟其肯食於我場我將縶維而留之今賢者既已仕矣而莫或留之何哉故於其去也猶欲其於是逍遥逍遥不事事也雖逍遥猶愈於去耳

皎皎白駒食我場藿縶之維之以永今夕所謂伊人於焉嘉客

客亦非執事者也

皎皎白駒賁然來思爾公爾侯逸豫無期慎爾優游勉爾遁思

黃白曰賁既去矣而猶欲其復來故告之曰子苟來也將待爾以公侯其為樂顧豈少哉曷亦慎爾優游而勉爾遁思以來從我乎慎戒也勉强也

皎皎白駒在彼空谷生芻一束其人如玉毋金玉爾音而有遐心

來而莫之顧則去而入於空谷甘於生芻人之望之

如玉之潔也君子於是知其不肯少留而猶欲聞其音聲故告之曰無貴爾音而有遠去之心愛之至也

白駒四章章六句

黄鳥刺宣王也

黄鳥黄鳥無集于穀無啄我粟此邦之人不我肯穀言旋言歸復我邦族

集木而啄粟者鳥之性也士之願仕於朝而食於祿亦猶是矣今而却之彼亦有去而已矣夫去非士之

患也使天下之士從此而逝則人主之患也

黄鳥黄鳥無集于桑無啄我粱此邦之人不可與明言旋言歸復我諸兄黄鳥黄鳥無集于栩無啄我黍此邦之人不可與處言旋言歸復我諸父

黄鳥三章章七句

我行其野刺宣王也

我行其野蔽芾其樗昏姻之故言就爾居爾不我畜復我邦家

此詩甥舅之諸侯求入為王卿士而不獲者之所作也故曰行于野而求庇雖蔽芾之樗猶可以息於其下而況其非樗也哉人君之用人苟有益於國將無適而不取今王獨棄其昏姻之人而不用何也則亦歸復吾國而已

我行其野言采其蓫昏姻之故言就爾宿爾不我畜言歸斯復我行其野言采其葍不思舊姻求爾新特成不以富亦祇以異

遂葍皆惡菜也特匹也大臣君之匹也成當作誠宣王棄其婣舊而求新特夫茍可用豈必新之是而舊之非歟雖然如是而獲富可也誠不以富則亦祇以為異而已

我行其野三章章六句

斯干宣王考室也

考成也

秩秩斯干幽幽南山如竹苞矣如松茂矣兄及弟矣式

相好矣無相猶矣

干澗也猶圖也澗流秩秩窮之而益深南山幽幽入之而益遠既言宮室之盛如此則又言其下之固如竹之苞其上之密如松之茂宣王與其兄弟居之又皆相好而無相圖者是以居之而安也

似續妣祖築室百堵西南其戶爰居爰處爰笑爰語

似肖也爰於也厲王之亂而宮室敗壞宣王謀所以續其先妣先祖者故築其宮室將於是居處於是笑

語焉

約之閣閣椓之橐橐風雨攸除鳥鼠攸去君子攸芋

約縮版也閣閣上下相乘也椓椓杵也橐橐杵聲也芋大也亦作吁君子於是居焉所以為尊且大也

如跂斯翼如矢斯棘如鳥斯革如翬斯飛君子攸躋

此章言其堂也其嚴正如人之跂而翬翼其恭也其廉隅如矢之急而直也其峻起如鳥之驚而革也其軒翔如翬之飛而矯其翼也君子於此升而聽朝焉

躋升也白雉五色曰翬

殖殖其庭有覺其楹噲噲其正噦噦其冥君子攸寧

此章言其室也殖殖乎其庭廡之高也有覺乎其楹之直也噲噲乎其正晝之明也噦噦乎其夜冥之深廣也君子於此休息而安身焉噲噲猶快快也噦噦猶晦晦也

下莞上簟乃安斯寢乃寢乃興乃占我夢吉夢維何維熊維羆維虺維蛇

莞蒲也簟竹也寢既成設莞簟而寢於其中起而又

占其夢此所以知其國家脩治閒暇之極也

大人占之維熊維羆男子之祥維虺維蛇女子之祥

熊羆毛物陽之祥也虺蛇鱗物陰之祥也

乃生男子載寢之牀載衣之裳載弄之璋其泣喤喤朱

芾斯皇室家君王

寢之於牀尊之也衣之以裳下之飾也弄之以璋尚

其德也喤喤大聲也天子朱芾諸侯以黃朱子之生

於是室者非君則王也是以皆將服朱芾煌煌然矣乃生女子載寢之地載衣之裼載弄之瓦無非無儀唯酒食是議無父母詒罹

寢之於地卑之也裼褓也即用其所衣而無加也韓詩作禘弄之以瓦質而無飾也儀善也有非非婦人也有善非婦人也唯酒食是議而無遺父母憂則可矣罹憂也

斯干九章四章七句五章五句

無羊宣王考牧也

誰謂爾無羊三百維羣誰謂爾無牛九十其犉爾羊來思其角濈濈爾牛來思其耳濕濕

羊以三百為羣其羣尚多也得為無羊乎牛之犉者九十非犉者尚多也得為無牛乎黄牛黒脣曰犉聚其角而息濈濈然呞而動其耳濕濕然

或降于阿或飲于池或寢或訛爾牧來思何簑何笠或負其餱三十維物爾牲則具

訛動也何揭也簑所以禦雨笠所以禦暑物類也異毛色者三十故牲無不有

爾牧來思以薪以蒸以雌以雄爾羊來思矜矜兢兢不騫不崩麾之以肱畢來既升

牧人有餘力則取其薪蒸合其牝牡而牧事盡矣矜矜兢兢堅彊也騫虧也崩羣疾也肱臂也升升牢也使來則畢來使升則既升言其擾也

牧人乃夢衆維魚矣旐維旟矣大人占之衆維魚矣實

維豐年旐維旟矣室家溱溱

牧人有事于陸耳今又捕魚于水水陸皆有獲焉此所以為豐年也龜蛇曰旐鳥隼曰旟龜蛇陰物也鳥隼陽物也陰陽備故為室家溱溱溱室家溱溱衆也宣王之小雅皆以政事之大小為先後故首之以征伐田獵次之以官人又次之以宫室畜牧而美刺不與也

無羊四章章八句

節南山家父刺幽王也

家父周大夫也

節彼南山維石巖巖赫赫師尹民具爾瞻憂心如惔不敢戲談國既卒斬何用不監

節高峻貌也師太師也尹尹氏也惔燔也卒滅也斬絶也監視也民之視尹氏如視南山言無不見也見之者皆為之憂心如燔特畏其威而不敢言然尹氏卒不知國之將亡至於滅絶而猶不察也

節彼南山有實其猗赫赫師尹不平謂何天方薦瘥喪亂宏多民言無嘉憯莫懲嗟

山之實草木是也薦重也瘥病也憯曾也山之生物其氣平均如一凡生于其上者無不猗猗其長也尹氏秉國之均而不平其心則人之縈瘁勞佚有大相絶者矣是以神怒而重之以喪亂人怨而謗讟其上然尹氏曾不懲創咨嗟求所以自改也

尹氏太師維周之氐秉國之均四方是維天子是毗俾

民不迷不弔昊天不宜空我師

氐本也毗輔也弔愍也空窮也師衆也尹氏居高任重而不享天心苟昊天之所不愍則尹氏宜有罪矣而曷爲又窮我衆人哉

弗躬弗親庶民弗信弗問弗仕勿罔君子式夷式已無小人殆瑣瑣姻婭則無膴仕

仕察也罔欺也夷平也已止也殆危也膴厚也不身蹈之而欲民之信之民不信也不知而不問不審

而不察欲以欺之曰吾則能之君子亦不可欺也曷不試乎爾心而止爾不善無使為小人之所危乎凡婣婭之人而必皆膴仕則小人進矣

昊天不傭降此鞠訩昊天不惠降此大戾君子如屆俾民心闋君子如夷惡怒是違

傭常也鞠盈也訩訟也惠順也屆止也闋息也違遠也以為昊天不常而降此謗訟興非也君子如止其爭心則為訟者之心闋矣以為昊天不順而降此乖

戾歟非也君子苟平其心則惡怒者遠矣

不弔昊天亂靡有定式月斯生俾民不寧憂心如酲誰秉國成不自為政卒勞百姓

病酒曰酲成平也天不之恤故亂未有所止禍患之生與歲月增長君子憂之曰誰秉國成者而不務人人自治其政皆轉以相付其卒使民為之受其勞獘也

駕彼四牡四牡項領我瞻四方蹙蹙靡所騁

畜馬者求其行也今雖有四牡徒好其項領而不為

用非不能行也曰我觀四方蹙蹙褊小無所施吾騁矣蓋言小人在上雖有賢者而莫能容無有為之用者也

方茂爾惡相爾矛矣既夷既懌如相醻矣

茂勉也相視也方其勉於為惡也如將相賊者視其矛矣及其解也如相與醻酢者小人喜怒之不可期如此是以君子不忍立于其側也

昊天不平我王不寧不懲其心覆怨其正

昊天不平尹氏之為故使王不獲安然尹氏猶不自懲乃反怨人之正己者言其為惡無有已也

家父作誦以究王訩式訛爾心以畜萬邦

究窮也訛化也畜養也家父作此詩窮王之所以致天下之謗訟者曰由尹氏不平之故故使之改其心以舍養天下以觀其治否

節南山十章六章八句四章四句

正月大夫刺幽王也

正月繁霜我心憂傷民之訛言亦孔之將念我獨兮憂
心京京哀我小心癙憂以痒
正月夏之四月也將大也京京憂不去也癙痒皆病
也四月純陽用事而繁霜降大夫憂之以為此王聽
用訛言之罰也訛言之害大矣然衆不以為憂也獨
我憂之而已
父母生我胡俾我瘉不自我先不自我後好言自口莠
言自口憂心愈愈是以有侮

瘉病也莠不實也小人傾詐外為美言以欺世內為僞言以害君子反覆無愧使我憂心愈愈日以益甚而反以侮我曰何至是

憂心惸惸念我無祿民之無辜并其臣僕哀我人斯于何從祿瞻烏爰止于誰之屋

惸惸獨憂也祿福也幽王刑殺無辜而并及其臣僕君子知人之不堪命故告之曰王視烏之所止者誰之屋歟有以飲食而無畢弋之患烏之所止也柰何

以刑御民使無所措手足哉

瞻彼中林侯薪侯蒸民今方殆視天夢夢既克有定靡人弗勝有皇上帝伊誰云憎

侯維也中林之木莫不摧毀而維薪蒸在焉其殘之也甚矣幽王播其虐于天下大家世族散為皁隷亦猶是也民方在危殆之中視天夢夢若無能為者不知此天理之未定故也蓋天地之間陰陽相盪高下相傾大小相使此治亂禍福之所從生也方其未定

何所不至及其既定人未有不為天所勝者申包胥曰人衆則勝天天定亦能勝人而老子以為天網恢恢踈而不失不然天豈有所憎而禍之耶適當其未定故耳

謂山葢卑為岡為陵民之訛言寧莫之懲召彼故老訊之占夢具曰予聖誰知烏之雌雄

人謂山之卑者為岡陵而已意其不能有所險阻然岡陵未嘗不為難也譬如訛言之人豈可以為無害

而莫之懲乎然王曾不以是為慮老成之人徒召而訊之以占夢曰予既聖矣安所復問得失烏之雌雄形色無辨人莫能知之幽王君臣皆自謂聖人譬如烏之雌雄也或曰以山為卑而為岡陵于其上譬如讒人以人罪為未足而又加之也

謂天蓋高不敢不局謂地蓋厚不敢不蹐維號斯言有倫有脊哀今之人胡為虺蜴

局曲也蹐重足也倫道也脊理也蜴蜥蜴也君子之

處于世小心畏慎未嘗敢肆天雖高不敢不局地雖厚不敢不蹐畏其傷之也夫為此言則過矣然亦有倫理非妄言也哀今之人胡敢為虺蜴之行曾無所畏哉

瞻彼阪田有菀其特天之扤我如不我克彼求我則如不我得執我仇仇亦不我力

扤動也仇仇偶也君子仕于亂世而困于羣小譬如特苗之生于阪田風雨動之如恐不勝者故尤之曰

方其求我以為法也如恐失我耳及與之終日相執
仇仇相偶曾不力用我也書曰凡人未見聖若不克
見聖既見聖亦不克由聖

心之憂矣如或結之今兹之正胡為厲矣燎之方揚寧
或滅之赫赫宗周褒姒烕之
正政通厲惡也褒國也姒姓也幽王之嬖后也烕亦
滅也

終其永懷又窘陰雨其車既載乃棄爾輔載輸爾載將

伯助予無棄爾輔員于爾輻屢顧爾僕不輸爾載終踰絶險曾是不意

輔所以助輻者也輸墮也員益也幽王曰為淫虐譬如行險而不知止者君子永思其終知其又將有大難故曰又窘陰雨幽王不虞難之將至而棄賢臣焉故曰乃棄爾輔君子求助于未危故難不至苟其載之既墮而後號伯以助予則無及矣故教之以無棄其輔益其輻顧其僕以求不墮其載告之而不信故

又曰終踰絶險曾是不意

魚在于沼亦匪克樂潛雖伏矣亦孔之炤憂心慘慘念國之為虐

君子立于衰亂之朝譬如魚之在沼非其所樂雖欲潛伏而無以自蔽矣

彼有旨酒又有嘉殽洽比其鄰昏姻孔云念我獨兮憂心慇慇

云旋也慇慇痛也小人以利相求故其鄰比昏姻相

與膠固為一而君子孑然無朋也

佌佌彼有屋蔌蔌方有穀民今之無祿天夭是椓哿矣

富人哀此惸獨

佌佌小也蔌蔌陋也哿可也佌佌者有居蔌蔌者有祿小人得志之謂也民方無福故天之夭孽竝出而椓喪之富人猶可勝也惸獨甚矣

正月十三章八章章八句五章章六句

十月之交大夫刺幽王也

小雅無厲王之詩鄭氏以為十月之交雨無正小旻小宛皆厲王之詩也毛公作詁訓傳而遷其第因改之耳其言此詩所以非幽王者曰師尹皇父不得並政褒姒豔妻不得偕寵番與鄭桓不得同位此其所挾以為厲王者也使幽王之世師尹皇甫番與鄭桓先後在事褒姒以色居正位謂之豔妻其誰曰不可且漢之諸儒異師相攻甚于仇讎茍毛公誠改詩第則他師將不肯信而韓詩之與

毛詩合此足以明其非厲王也

十月之交朔日辛卯日有食之亦孔之醜彼月而微此日而微今此下民亦孔之哀

日食天變之大者也然正陽之月古尤忌之夏之四月為純陽故謂之正月十月為純陰故謂之陽月純陽而食陽弱之甚也純陰而食陰壯之甚也交日月之交會也交當朔則日食然亦有交而不食者交而食陽微而陰乘之也交而不食陽盛而陰不能掩也

故君子醜之大變既見君子知國之將亡國亡則民

首被其患是以哀之也

日月告凶不用其行四國無政不用其良彼月而食則

維其常此日而食于何不臧

行道也

爗爗震電不寧不令百川沸騰山冢崒崩高岸為谷深

谷為陵哀今之人胡憯莫懲

令善也山頂曰冢崒崔嵬也

皇父卿士番維司徒家伯冢宰仲允膳夫聚子內史蹶

維趣馬楀維師氏豔妻煽方處

皇父家伯仲允皆字番聚蹶楀皆氏豔妻褒姒也煽熾也七人者皆褒姒之黨故極其熾而並處於位然六人各有常官而皇父兼擅羣職故以卿士目之周禮有大宰小宰宰夫家伯維宰未詳何宰也

抑此皇父豈曰不時胡為我作不即我謀徹我牆屋田卒汙萊曰予不戕禮則然矣

時是也下荒則汙上荒則萊戕殘也皇父不知為政
然未嘗自謂我不是也作而害民民怨之矣然猶曰
予未嘗殘民禮則當然矣
皇父孔聖作都于向擇三有事亶侯多藏不慭遺一老
俾守我王擇有車馬以居徂向
向皇父邑也亶信也侯維也慭强也皇父自謂聖矣
然其建國而擇三卿信維多藏之人耳以卿士出封
而周之老與其富民無不從者言恣而且貪也民富

者乃有車馬耳

黽勉從事不敢告勞無罪無辜讒口囂囂下民之孽匪降自天噂沓背憎職競由人

囂囂衆也噂聚也沓重複也職專也競力也無罪猶且見讒而況敢告勞乎故曰下民之孽非天之所爲也噂噂沓沓多言以相説而背相憎專力爲此者人也而豈天哉

悠悠我里亦孔之痗四方有羨我獨居憂民莫不逸我

獨不敢休天命不徹我不敢傚我友自逸

里居也痗病也羨餘也徹通也天命之不通我知之矣然而不敢傚其友之自逸所謂知其不可而爲之者也

十月之交八章章八句

雨無正大夫刺幽王也

浩浩昊天不駿其德降喪饑饉斬伐四國昊天疾威弗慮弗圖舍彼有罪既伏其辜若此無罪淪胥以鋪

駿長也舍置也淪陷也胥相也鋪徧也幽王之亂民之無罪而被禍災者無所歸咎曰天實爲之天之生物浩然其若無窮者柰何不長其德既已生之而又降喪亂饑饉以斬伐之哉豈天怒之迅烈曾弗之應而弗之圖乎彼有罪者則既伏其辜矣置而弗疑可也若此無罪而使之相與陷溺無不徧焉何也此其所以爲雨無正也雨之至也不擇善惡而雨焉幽王之世民之受禍者如受雨之無不被也夫雨豈嘗有

所正而哉此所以為雨無正也而毛氏不達故序以

為雨自上下者也衆多如雨而非所以為政此則是

詩之所不及也

周宗既滅靡所止戾正大夫離居莫知我勩三事大夫

莫肯夙夜邦君諸侯莫肯朝夕庶曰式臧覆出為惡

周宗姬姓之宗也正大夫大夫之為官長者也三事

大夫三公也戾定也勩勞也幽王暴虐無親宗族破

滅大夫離散獨三公諸侯在耳而亦無肯勤王者君

子曰庶幾王以是懼而為善然反益為惡而不知已

如何昊天辟言不信如彼行邁則靡所臻凡百君子各

敬爾身胡不相畏不畏于天

辟法也幽王曰益不悛君子呼天而告之曰奈何哉

法度之言王終莫肯信者如人恣行而忘反我不知

其所至矣既已憂之則又告其羣臣使皆敬其身庶

幾輔之者衆王猶可得免耳

戎成不退饑成不遂曾我暬御憯憯日瘁凡百君子莫

肯用訊聽言則答譖言則退

戎兵也遂進也易曰不能退不能遂暬御侍御也幽王淩虐天下君子知其將有兵難故憂之曰苟兵難既成王雖欲退而休之不可得矣兵連而不解民且不能稼則又將有饑患饑患既成王雖欲進而擾之亦不可得矣此勢之所不免而禍之必至者也然獨其侍御之臣憂之耳羣臣莫以告王者徒告之以道聽之言而求其答之譖愬之言而求其退之耳

哀哉不能言匪舌是出維躬是瘁哿矣能言巧言如流俾躬處休

言之忠者世之所謂不能言也哿可也常可人意者佞人之言也此世所謂能言也

維曰于仕孔棘且殆云不可使得罪于天子亦云可使怨及朋友

于往也人皆曰往仕耳曾不知仕之急且危也何者幽王之世直道者王之所謂不可使而枉道者王之

所謂可使也直道者得罪于君而枉道者見怨于友此仕之所以難也

謂爾遷于王都曰予未有室家鼠思泣血無言不疾昔爾出居誰從作爾室

仕之多患也故君子有去者有居者居者不忍王之無臣與已之無徒也則告之使復遷于王都去者不聽而以無家辭之居者于是憂思泣血患其出言而舉皆疾之無與和之者故詰之曰昔爾之去也誰為

爾作室者而今以是辭我哉

雨無正七章二章十句二章八句三章六句

小旻之什　小雅

小旻大夫刺幽王也

小旻小宛小弁小明四詩皆以小名篇所以别其爲小雅也其在小雅者謂之小故其在大雅者謂之召旻大明獨宛弁闕焉意者孔子删之矣雖去其大而其小者猶謂之小蓋即用其舊也

旻天疾威敷于下土謀猶回遹何日斯沮謀臧不從不臧覆用我視謀猶亦孔之邛

敷布也回邪也遹辟也沮止也邛病也言天禍迅烈遍于下矣而王之邪謀終莫之改也

潝潝訿訿亦孔之哀謀之其臧則具是違謀之不臧則具是依我視謀猶伊于胡底

潝潝言相和也訿訿言相詆也底至也伊于胡底未有所定也

我龜既厭不我告猶謀夫孔多是用不集發言盈庭誰敢執其咎如匪行邁謀是用不得於道

卜筮數故龜瀆而不告謀者多無斷而行之者故其功不成故曰謀之在多斷之在獨盈庭皆言尚誰敢指其是非者哉譬如欲行而不先為行邁之謀隨人而妄行是以終不得其道

哀哉為猶匪先民是程匪大猶是經維邇言是聽維邇言是爭如彼築室于道謀是用不潰于成

程法也經常也潰遂也築室于道而與行道之人謀之人心不同而皆聽焉是以不能遂成也

國雖靡止或聖或否民雖靡膴或哲或謀或肅或艾如彼流泉無淪胥以敗

止定也政淫則民德無所定膴大也肅乂哲謀聖五者書之五事也雖世亂民辟猶有賢者在焉苟能用之遇者可賴以皆濟也苟廢而不用而使遇者壅之於上則相與皆敗無能為矣譬如泉水苟疏而流之

則淤腐者從之而行苟不疏其源而瀦畜之雖其流者亦相與陷溺腐敗而已矣

不敢暴虎不敢馮河人知其一莫知其他戰戰兢兢如臨深淵如履薄冰

徒搏曰暴虎徒涉曰馮河小人智慮不能及遠暴虎馮河之患近在目前則知避之喪國亡家之禍遠在歲月而不知憂也故曰戰戰兢兢如臨深淵如履薄冰臨淵恐墜而履冰恐陷善為國者常如是矣

小旻六章三章章八句三章章七句

小宛大夫刺幽王也

宛彼鳴鳩翰飛戾天我心憂傷念昔先人明發不寐有懷二人

宛小貌也翰羽也戾至也明發旦也二人文武也宛然鳴鳩而求戾天難矣小人而責其繼文武之初亦難矣是故君子憂傷而念其先王有懷文武哀其業之將墜也

人之齊聖飲酒溫克彼昏不知壹醉日富各敬爾儀天命不又

齊正也克勝也彼昏斥幽王也又復也天命之去人不復反也

中原有菽庶民采之螟蛉有子蜾蠃負之教誨爾子式穀似之

菽藿也螟蛉桑虫也蜾蠃蒲盧也菽生中原民無有不獲采者螟蛉之子蜾蠃負之以為己子無難也今

王豈以天下之衆為王有邪亦將有取而教誨之者

矣

題彼脊令載飛載鳴我日斯邁而月斯征夙興夜寐無忝

爾所生

題視也脊令飛鳴不能自舍君子之勤于事不舍日

月者以自況也故告王以夙夜勉强庶幾不忝其父

祖

交交桑扈率場啄粟哀我填寡宜岸宜獄握粟出卜自

何能穀

桑扈竊脂也率循也塡盡也岸亦獄也卜予也或曰卜之言試也君子之不爲不義出于其性猶竊脂之不食粟雖欲食而不可得也特以其居于亂世而塡盡寡弱無以行道則其陷于岸獄也固宜曷不握粟而往試之彼桑扈何自能食穀哉

溫溫恭人如集于木惴惴小心如臨于谷戰戰兢兢如履薄冰

此君子遭亂憂懼之辭也

小宛六章章六句

小弁刺幽王也

毛詩之序曰太子之傅作焉

弁彼鸒斯歸飛提提民莫不穀我獨于罹何辜于天我罪伊何心之憂矣云如之何

弁樂也鸒卑居卑居雅烏也雅烏小而好羣提提羣貌也穀養也罹憂也幽王娶于申生太子宜臼又愛

褒姒生子伯服立以為后而放宜臼詩故云鳥猶不失其類民猶莫不相養而太子獨不容于王曾彼之不若是以號天而訴之也

踧踧周道鞫為茂草我心憂傷惄焉如擣假寐永歎維憂用老心之憂矣疢如疾首

踧踧平易也岐周之道道之平者也鞫窮也夫婦之相安父子之相愛亦天下之所共由今獨靡而不行故其憂之深也惄思也疢病也

維桑與梓必恭敬止靡瞻匪父靡依匪母不屬于毛不離于裏天之生我我辰安在

屬離皆附也辰日月所會也桑梓久而不獘見父母之所植猶不敢不敬況于父母之無不瞻依也哉然父母之不我愛豈我獨無所離屬乎不然我生之辰不善哉何不祥至是也

菀彼柳斯鳴蜩嘒嘒有漼者淵萑葦淠淠譬彼舟流不知所屆心之憂矣不遑假寐

蜩蟬也嘒嘒聲也漼深貌也淠淠多也柳茂則多蟬淵深則多葦言物之大者無所不容而王獨不容其子使漂然如無繫之舟不知其所極也

鹿斯之奔維足伎伎雉之朝雊尚求其雌譬彼壞木疾用無枝心之憂矣寧莫之知

伎伎舒也雊雉鳴也鹿走而留其羣雉鳴而求其雌物無不有恩于其親者親之不可去非獨以其愛亦以其助也今王獨棄后而逐太子兀然如壞木之無枝

而曾莫之顧何也

相彼投兔尚或先之行有死人尚或墐之君子秉心維其忍之心之憂矣涕既隕之

相視也投掩也先先投者而覺之也行道也墐瘞也

君子幽王也

君子信讒如或醻之君子不惠不舒究之伐木掎矣析薪扡矣舍彼有罪予之佗矣

太子失愛於幽王有讒之者則受而行之不復徐究

如獻酬之無不受也伐木者掎其顛析薪者隨其理猶不欲其摧敗令王之遇太子曾伐木析薪之不若太子無罪而妄加之也佗加也

莫高匪山莫浚匪泉君子無易由言耳屬于垣無逝我梁無發我笱我躬不閱皇恤我後

浚深也由從也山高矣而人猶登之泉深矣而人猶入之令王輕用讒言豈謂人莫獲知之歟將有屬耳于垣而聽之者矣既以此告王又恐褒似伯服之害

其成業故告之以無敗梁笱猶谷風之義也

小弁八章章八句

巧言剌幽王也

悠悠昊天曰父母且無罪無辜亂如此憮昊天已威予慎無罪昊天泰憮予慎無辜

憮大也已泰皆甚也慎誠也君子困于讒人故訴之于天曰天之于人若父母然今我無罪而遭此大亂何也政已甚虐矣亂已甚大矣予無罪而天不弔何

也

亂之初生僭始既涵亂之又生君子信讒君子如怒亂庶遄沮君子如祉亂庶遄已

僭不信也涵容也祉福也遄疾也沮止也小人為讒于其君必以漸入之其始也進而嘗之君容之而不拒知言之無忌于是復進既而君信之然後亂成君子以為不幸而至此矣若人君一日覺悟大有所誅賞如楚莊齊威之事則亂猶庶幾可止也小毖之頌

曰予其懲而毖後患莫予荓蜂自求辛螫成王周公
之釁比王之悟亦嘗有所誅戮也哉
君子屢盟亂是用長君子信盜亂是用暴盜言孔甘亂
是用餤匪其止共維王之邛
春秋之際君臣相疑則盟讒人構其君臣利在不究
其實君遂從之而徒以盟誓相要此亂之所以日長
也盜者伏而得之之謂也讒人之誣君子曰吾能得
其隱衆莫知也而君遂信之此小人之所以恣行也

餤進也讒人之言必有以悦人者人君而味于甘言此小人之所以獲進也止職也卭病也言小人不守其位維爲讒以病王也

奕奕寢廟君子作之秩秩大猷聖人莫之他人有心予忖度之躍躍毚兔遇犬獲之

奕奕大也秩秩有序也莫定也毚狡兔也奕奕寢廟天下之正居也秩秩大猷天下之達道也居天下之正居行天下之達道也人之心可得而度也雖有毚

免行于隱伏將有為我獲之而至者苟守吾正則天下之情畢見于前矣安用旁窺而竊伺之以讒人為已耳目哉

荏染柔木君子樹之往來行言心焉數之蛇蛇碩言出自口矣巧言如簧顔之厚矣

木之可揉者君子樹之言之可行者君子度之往可行也來不可行也君子不用也來可行也往不可行也君子不由也令小人蛇蛇然徐為大言徒出于其

口而已中無有也巧言如簧顏雖甚厚其中未必不愧也

彼何人斯居河之麋無拳無勇職為亂階既微且尰爾勇伊何為猶將多爾居徒幾何

時有是人也水草之交曰麋拳力也骭瘍為微腫足為尰猶謀也將大也其謀既大且多其徒幾何而能然哉

巧言六章章八句

何人斯蘓公刺暴公也

彼何人斯其心孔艱朝逝我梁不入我門伊誰云從維暴之云

艱險也梁橋也暴公為卿士而譖蘓公蘓公之友有與偕譖之者從公以過蘓公而不入見故幷譏之此詩主言何人而曰刺暴公者譖出于暴公而何人與焉以暴公為不足刺而刺何人則亦所以刺暴公也

二人從行誰為此禍胡逝我梁不入唁我始者不如今

云不我可

始謂我可而今謂我不可也

彼何人斯胡逝我陳我聞其聲不見其身不愧于人不畏于天

陳堂塗也

彼何人斯其為飄風胡不自北胡不自南胡逝我梁祇攪我心

飄風暴風言其去之速也

爾之安行亦不遑舍爾之亟行遑脂爾車壹者之來云何其盱

盱病也安行則當止舍速行則不暇脂車吳反覆究之而不得其情故曰一來見我于女何病哉

爾還而入我心易也還而不入否難知也壹者之來俾我祇也

易悅也祇安也

伯氏吹壎仲氏吹篪及爾如貫諒不我知出此三物以

詛爾斯
土曰壎竹曰箎與女義如兄弟和如壎箎勢相次比
如物之在貫女豈誠不我知而譖我哉苟誠不我知
也則出犬豕雞三物以詛之可也
爲鬼爲蜮則不可得有靦面目視人罔極作此好歌以
極反側
蜮短狐也靦姡也姡靦也鬼蜮皆能陰害人而不可
見今與女相視無窮奈何爲此禍哉

何人斯八章章六句

巷伯刺幽王也

巷伯寺人也

萋兮斐兮成是貝錦彼譖人者亦已太甚

萋斐文相錯也貝錦錦之貝文者也讒人之構君子其所以集成其罪者猶織者縷縷相錯以成為錦也

哆兮侈兮成是南箕彼譖人者誰適與謀

哆侈皆張也南箕非箕也因其有是形而命之耳讒

人之誣君子亦必因其近似而遂名之斯人自謂辟嫵之不審也

緝緝翩翩謀欲譖人慎爾言也謂爾不信

緝緝翩翩多言貌也君子相告以慎言恐讒人誣之以不信也

捷捷幡幡謀欲譖言豈不爾受既其女遷

捷捷幡幡亦多言貌也遷改也與讒人處苟與之誠言夫豈不受哉既而改之以告人耳

驕人好好勞人草草蒼天蒼天視彼驕人矜此勞人

好好樂也草草憂也

彼譖人者誰適與謀取彼譖人投畀豺虎豺虎不食投畀有北有北不受投畀有昊楊園之道猗于畝丘寺人孟子作為此詩凡百君子敬而聽之

楊園園名也畝丘丘名也猗加也作起也將之楊園其道必從畝丘以言讒人欲譖大臣亦自小臣始是以孟子起為此詩以告君子使皆聽之以自防也

巷伯七章四章四句一章五句一章八句一章

六句

谷風刺幽王也

習習谷風維風及雨將恐將懼維予與女將安將樂女

轉棄予

風雨之相須猶朋友之相濟幽王之世天下俗薄朋

友窮達相棄故以刺焉

習習谷風維風及頹將恐將懼寘予于懷將安將樂棄

子如遺

頹風之焚輪者風薄相扶而上亦猶朋友之相將也

習習谷風維山崔嵬無草不死無木不萎忘我大德思我小怨

習習之風草木之所以生也崔嵬之山草木之所以養也然不能使草不死木不萎者天地之功猶有所不足奈何忘我大德而猶思我小怨哉

谷風三章章六句

蓼莪刺幽王也

蓼蓼者莪匪莪伊蒿哀哀父母生我劬勞

蓼蓼長大貌莪蘿蒿也蘿蒿可食而蒿不可食采莪者將以食之譬如生子者將賴其養也幽王之世孝子行役而遭喪哀其父母生已之勞而養不終如采莪者之得蒿也

蓼蓼者莪匪莪伊蔚哀哀父母生我勞瘁

蔚牡菣也

缾之罄矣維罍之耻鮮民之生不如死之久矣

缾小而罍大使缾至于罄者罍之耻也使民至于窮

而無告者亦上之耻也鮮善也人皆以生為善孝子

之不獲終養者以為不如死也

無父何怙無母何恃出則銜恤入則靡至

恤憂也入而不見則若無所至也

父兮生我母兮鞠我拊我畜我長我育我顧我復我出

入腹我欲報之德昊天罔極

鞠養也腹厚也

南山烈烈飄風發發民莫不穀我獨何害南山律律飄風弗弗民莫不穀我獨不卒

虐政之病人如大寒之視南山而聞飄風烈烈律律其可惡也發發弗弗其可疾也穀養也卒終也

蓼莪六章四章四句二章八句

大東刺亂也

毛詩之序曰譚大夫之所作也

有饛簋飧有捄棘匕周道如砥其直如矢君子所履小人所視睠言顧之潸焉出涕

饛滿也飧熟食也捄長也棘匕所以載鼎實也幽王不恤諸侯賦役繁重下國困竭君子思先王之世諸侯富足其簋之飧饛然其鼎之匕捄然當是時也周之所以取於諸侯者平均正直凡令之君子猶及行之小人猶及見之至于幽王而遂不然是以顧之而出涕也

小東大東杼柚其空糾糾葛屨可以履霜佻佻公子行彼周行既往既來使我心疚

糾糾疏貌也佻佻獨行也既盡也自周視諸侯皆東也小大皆取于東東人之杼柚空矣然周人猶莫之恤曰猶有葛屨則可使屨霜矣猶有公子則可使行于周道矣公子國之貴也于是則盡竭其所有以往盡輸之以來而中心病之也

有冽氿泉無浸穫薪契契寤歎哀我憚人薪是穫薪尚

可載也哀我憚人亦可息也

洌寒也側出曰氿泉穫艾也契契憂苦也憚亦作癉勞也薪已艾矣而復浸之則腐民已勞矣而復事之則病故已艾則庶其載而畜之已勞則庶其息而安之

東人之子職勞不來西人之子粲粲衣服

來勞來也言勞佚之不平也

舟人之子熊羆是裘私人之子百僚是試

舟人水居而服熊羆之裘所服非其所有也私人無籍于王室而試百官所事非其所職也言紀綱敗壞無不失其舊也

或以其酒不以其漿鞙鞙佩璲不以其長

有醉于其酒者有不得其漿者然其所厚未必賢也故曰雖則佩玉盛服而非其長過人也鞙鞙佩玉貌也璲瑞也

維天有漢監亦有光跂彼織女終日七襄雖則七襄不

成報章睆彼牽牛不以服箱東有啓明西有長庚有捄天畢載施之行維南有箕不可以簸揚維北有斗不可以挹酒漿維南有箕載翕其舌維北有斗西柄之揭

君子告窮而不敢正言故為隱焉而使自察之其言王雖在上而無能明者則曰維天有漢監亦有光監視也言東人空其杼軸而輸之王王曾無以報之則曰跂彼織女終日七襄雖則七襄不成報章跂隅貌也襄駕也自旦至暮七辰辰一移此所謂七駕也人

之織也其緯往而復反此所謂報章也星之駕也西而不東此所謂不成報章也言東人盡其車牛以輸其職貢勞瘁于道路則曰睆彼牽牛不以服箱以為維是獲免耳睆明也牽牛河鼓也服較也箱兩較間也言王之百役皆取于東則曰東有啓明西有長庚啓明長庚皆太白也言東人飲食既竭雖有其器而無所用之則曰有捄天畢載施之行畢所以掩捕鳥獸也言其器雖在而皆已破瘁則曰維南有箕不可

以簸揚維北有斗不可以挹酒漿言徒有其翮而無其實則曰維南有箕載翕其舌翕合也有箕而合其舌無所揚也言東人勞苦而爲之西人暇豫而取之則曰維北有斗西柄之揭斗雖北之有也而西實揭其柄柄者所操以取也

大東七章章八句

四月大夫刺幽王也

四月維夏六月徂暑先祖匪人胡寧忍予

徂往也四月始夏而六月暑遂徂矣言周之治世未幾而亂作也是以君子自傷生于亂世曰先祖非人哉而忍生我于是此所謂窮則反本浩浩昊天不駿其德先祖匪人胡寧忍予一也皆無所歸怨之辭也其實以為非其罪也

秋日淒淒百卉具腓亂離瘼矣奚其適歸冬日烈烈飄風發發民莫不穀我獨何害

腓瘼皆病也夏既徂矣則秋風至而百草病先王既

没民被幽王之患有亂離之病矣而未知其終所適歸者故繼之曰冬日烈烈飄飄發發言其未必至是也

山有嘉卉侯栗侯梅廢為殘賊莫知其尤

梅栗有實之木也人以其有實也朝夕取焉是以廢為殘賊而莫知其所以獲罪言幽王暴而剥下下無完民也

相彼泉水載清載濁我日構禍曷云能穀滔滔江漢南

國之紀盡瘁以仕寧莫我有

一泉之水無以紀之則清濁不可常矣幽王失道諸侯放恣天下治亂莫能相一亦猶是也夫欲治是也必先自治今我尚日構亂而安能善彼哉是以思得王者以紀諸侯如江漢之紀衆水使天下水有所宗而人有所賴盡瘁以仕而上莫有之者何哉

匪鶉匪鳶翰飛戾天匪鱣匪鮪潛逃于淵山有蕨薇隰有杞桋君子作歌維以告哀

鶉鵰也棲或作萋幽王之亂天下逃散非鶉非鳶而高飛非鱣非鮪而深潛故大夫有退而食蕨薇甘杞棲以免于禍者作此詩以告其哀憐天下之志非以爲其身也

四月八章章四句

詩集傳卷十一

欽定四庫全書

詩集傳卷十二

宋 蘇轍 撰

北山之什　小雅

北山大夫刺幽王也

陟彼北山言采其杞偕偕士子朝夕從事王事靡盬憂我父母

北說與杕杜同偕偕强壯貌

溥天之下莫非王土率土之濱莫非王臣大夫不均我從事獨賢

賢過人也

四牡彭彭王事傍傍嘉我未老鮮我方將旅力方剛經營四方

嘉鮮皆善也將壯也

或燕燕居息或盡瘁事國或息偃在牀或不已于行或不知叫號或慘慘劬勞或棲遲偃仰或王事鞅掌

鞅掌失容也

或湛樂飲酒或慘慘畏咎或出入風議或靡事不為

北山六章三章章六句三章章四句

無將大車大夫悔將小人也

無將大車祇自塵兮無思百憂祇自疧兮

大車牛車也疧病也將大車則塵汙之思百憂則病

及之譬如任小人者患及其身亦不可逃也

無將大車維塵冥冥無思百憂不出于熲

熲光也

無將大車維塵雝兮無思百憂祇自重兮

雝蔽也重累也

無將大車三章章四句

小明大夫悔仕于亂世也

明明上天照臨下土我征徂西至于艽野二月初吉載離寒暑心之憂矣其毒大苦念彼共人涕零如雨豈不懷歸畏此罪罟

大夫行役久勞而不息故稱天之無不照臨言臣下無賢勞而不察者也艽地名也初吉朔日也行始于二月而載離寒暑則冬矣是以思有共德之人而事之

昔我往矣日月方除曷云其還歲聿云莫念我獨兮我事孔庶心之憂矣憚我不暇念彼共人睠睠懷顧豈不懷歸畏此譴怒

除除陳生新也憚勞也

昔我往矣日月方奥曷云其還政事愈蹙歲聿云莫采蕭穫菽心之憂矣自貽伊戚念彼共人興言出宿豈不懷歸畏此反覆

奥燠也出宿不安寢也

嗟爾君子無恒安處靖共爾位正直是與神之聽之式穀以女

穀善也有久勞于外則必有久安于内者矣故告之使無以安處為常靖共其位而與正直庶乎神之聽

之而以女為善也

嗟爾君子無恒安息靖共爾位好是正直神之聽之介爾景福

小明五章三章十二句二章六句

鼓鍾刺幽王也

鼓鍾將將淮水湯湯憂心且傷淑人君子懷允不忘鼓鍾喈喈淮水湝湝憂心且悲淑人君子其德不回鼓鍾伐鼛淮有三洲憂心且妯淑人君子其德不

猶

始言湯湯者水盛也中言湝湝者水流也終言三洲水落而洲見也言幽王之久於淮上也妯動猶若也言不若今王之荒亂也

鼓鍾欽欽鼓瑟鼓琴笙磬同音以雅以南以籥不僭

言幽王之不德豈其樂非古歟樂則是而人則非也

鼓鍾四章章五句

楚茨刺幽王也

楚楚者茨言抽其棘自昔何為我蓺黍稷我黍與與我稷翼翼我倉既盈我庾維億以為酒食以享以祀以妥以侑以介景福

人去其茨棘以蓺黍稷以實倉廩以為酒食以享先祖于其尊也主人拜尸而安之祝勸尸而食之所以事之無不至者故于餘章詳言之凡詳言之者皆思而不得見之辭也

濟濟蹌蹌絜爾牛羊以往烝嘗或剝或亨或肆或將祝祭于祊祀事孔明先祖是皇神保是饗孝孫有慶報以介福萬壽無疆

濟濟蹌蹌言有容也剝解之也亨飪之也肆陳其骨體於俎也將奉持而進之也祊門内也孝子不知神之所在故使祝博求之門内其待賓客之處也於是先祖大而安饗之報之以介福皇大也保安也介大也

執爨踖踖為俎孔碩或燔或炙君婦莫莫為豆孔庶為賔為客獻酬交錯禮儀卒度笑語卒獲神保是格報以介福萬壽攸酢

爨饔爨廪爨也踖踖言有容也俎從獻之俎也燔燒肉炙炙肝君婦王后也莫莫清靜而敬至也豆肉羮庶羞也庶多也多為之者以為非特以享也將以祭終而燕尸賔焉故及其燕也獻酬交錯而無不徧行禮至卒而無非度笑語至卒而無不得言和而不亂

也交錯旅酬也格酢報也

我孔熯矣式禮莫愆工祝致告徂賚孝孫苾芬孝祀神嗜飲食卜爾百福如幾如式既齊既稷既匡既敕永錫爾極時萬時億

熯竭也禮行既久筋力竭矣而式禮莫愆敬之至也善其事曰工苾苾芬芬香也卜予也幾期也春秋傳曰易幾而哭式法也齊整也稷疾也匡正也敕戒也極中也于是祭將畢祝致神意以嘏主人曰爾飲食

芳潔故報爾以福禄使其來如幾其多如法爾禮容莊敬故報爾以中和應萬物而不匱言各隨其事而報之以其類也

禮儀既備鐘鼓既戒孝孫徂位工祝致告神具醉止皇尸載起鼓鐘送尸神保聿歸諸宰君婦廢徹不遲諸父兄弟備言燕私

於是禮備作鐘鼓以戒在位主人就位於堂下西面祝致主人之意告尸以利成尸遂起奏肆夏以送之

諸宰徹饌后徹豆籩既畢歸賓客之俎而燕同姓所以尊賓客而親兄弟也

樂具入奏以綏後祿爾殽既將莫怨具慶既醉既飽小大稽首神嗜飲食使君壽考孔惠孔時維其盡之子子孫孫勿替引之

後祿祭之餘福也將行也惠順也替廢也引長也祭畢而燕于寢則祭樂皆入以安其餘福殽羞既行兄弟無有怨者皆慶于君曰神乃歆嗜飲食將使君壽

考既順且時蓋盡而有之矣子孫尚能勿替而長行之

楚茨六章章十二句

信南山刺幽王也

信彼南山維禹甸之畇畇原隰曾孫田之我疆我理南東其畝

甸治也畇畇墾闢貌也曾孫成王也疆畫經界也理分土宜也禹治洪水而成王墾闢汙萊至幽王之世

其迹皆在而王弗治故君子思古焉

上天同雲雨雪雰雰益之以霢霂既優既渥既霑既足生我百穀

霢霂小雨也言仁人在上則冬有積雪春而繼之以雨故百穀無不遂也

疆埸翼翼黍稷彧彧曽孫之穡以爲酒食畀我尸賓壽考萬年

埸畔也翼翼脩治也彧彧盛茂也斂稅曰穡畀予也

中田有廬疆場有瓜是剝是菹獻之皇祖曾孫壽考受

天之祜

田中爲廬以便田事疆場種瓜以盡地利瓜成剝削淹漬爲菹而獻之所以盡四時之異物也

祭以清酒從以騂牡享于祖考執其鸞刀以啓其毛取其血膋

清玄酒也酒鬱鬯五齊三酒也牲用騂牡周尚赤也祭禮以鬱鬯降神然後迎牲而獻之以告肥也鸞刀

刀之有鸞者也毛以告純也血以告殺也取膟膋燔燎以報陽也

是烝是享苾苾芬芬祀事孔明先祖是皇報以介福萬壽無疆

烝進也

信南山六章章六句

甫田刺幽王也

倬彼甫田歲取十千我取其陳食我農人自古有年今

適南畝或耘或耔黍稷薿薿攸介攸止烝我髦士

倬明也甫大也歲取十千井田一成之數也九夫為井井稅一夫為田百畝井十為通通稅十夫為田千畝通十為成成方千里其稅百夫為田萬畝此所謂十千也耘除草也耔雝本也薿薿盛也介助也烝進也髦俊也一成之田而歲取萬畝以為國用又將取其陳積以時發斂以助農夫之乏困此自古有年之法不可廢者也是以親適南畝而視其耘耔助其勤

力止其怠惰進其髦俊庶幾有年以遵古之成法所
謂進其髦俊者如漢寵力田之類歟
以我齊明與我犧羊以社以方我田既臧農夫之慶琴
瑟擊鼓以御田祖以祈甘雨以介我黍稷以穀我士女
齊六穀也明潔也犧純色也秋成而祭社及四方報
其功也周官仲秋獮田以祀方慶賜也農夫之慶既
蜡而息農夫也御迎也田祖先嗇也孟春既郊而始
耕則祭之所以祈甘雨也周官祈年于田祖吹豳雅

擊土鼓穀養也

曾孫來止以其婦子饁彼南畝田畯至喜攘其左右嘗其旨否禾易長畝終善且有曾孫不怒農夫克敏

攘取也禾易禾生樂易也長畝竟畝也敏疾也成王之勞農也農夫以其婦子饁于南畝於是田畯至而喜之取其左右之饋而嘗之以知其旨否民知成王之勤于農事則盡力于禾其生竟畝如一庶幾終善且有于是成王無所譴者曰農夫敏矣

曾孫之稼如茨如梁曾孫之庾如坻如京乃求千斯倉

乃求萬斯箱黍稷稻粱農夫之慶報以介福萬壽無疆

茨言其多也梁言其積也古之税法近者納總遠者

納粟禾稼既積乃求千倉以處之萬車以載之黍稷

稻粱言無所不有也

甫田四章章十句

大田刺幽王也

大田多稼既種既戒既備乃事以我覃耜俶載南畝播

厥百穀既庭且碩曾孫是若

稼種也覃利也俶始也載事也庭直也若順也田大而種多故於今歲之冬具來歲之種戒來歲之事凡既備矣然後事之取其利耜而始有事於南畝既耕而播之其耕之也勤而種之也時故其生者皆直而大以順成王之所欲

既方既皁既堅既好不稂不莠去其螟螣及其蟊賊無害我田穉田祖有神秉畀炎火

方孚而始房也皁實而未成也既堅則成矣既好則

美矣稂童粱也莠似苗者也食心曰螟食葉曰螣食根曰蟊食節曰賊稺幼苗也仁人在上則虫蝗不作民以為田祖投之火耳

有渰萋萋興雨祁祁雨我公田遂及我私彼有不穫稺此有不斂穧彼有遺秉此有滯穗伊寡婦之利

渰雲興貌也萋雲行貌也祁祁徐也時雨既降斯民急其上先憂公田而後其私及其成也田有餘穀力不能盡故以有餘為鰥寡之利穧鋪而未束者也秉

祀也

曾孫來止以其婦子饁彼南畒田畯至喜來方禋祀以其騂黑與其黍稷以享以祀以介景福

成王之來視其穫也則遂禋祀四方以報其成功騂黑南北之牲也葢略言之耳

大田四章二章章八句二章章九句

瞻彼洛矣刺幽王也

瞻彼洛矣維水泱泱君子至止福禄如茨韎韐有奭以

作六師

洛漆沮也泱泱深廣也茨蒺藜也韎韐士之韠也蓋染之以茅蒐奭赤貌也洛之水泱泱其無窮使洛愛其水無所澤萬物於洛無加也而物失其利洛惟不愛其水故無損於洛而物蒙其益王者之有爵命猶洛之有水也古之主者以其無窮惠天下之諸侯以結其驩心故諸侯之除喪而未命也服其士服以朝於王王遂命之使將六師焉傷今幽王愛其無窮以

夫天下之諸侯也

瞻彼洛矣維水泱泱君子至止鞞琫有珌君子萬年保其家室

鞞容刀也琫上飾珌下飾也此其所以錫諸侯也諸侯有王者之命乃能安其室家

瞻彼洛矣維水泱泱君子至止福禄既同君子萬年保其家邦

福禄既同言與諸侯共之也

瞻彼洛矣三章章六句

裳裳者華刺幽王也

毛詩之序曰古之仕者世禄小人在位則讒諂並進棄賢者之類絶功臣之世原其所以為是說者不過以詩之乘其四駱為守其先人之禄位是以似之為嗣其先祖其說葢勞苦而不明如此至於小人讒諂則是詩之所無有是以知其為曲說而不可信也

裳裳者華其葉湑兮我覯之子我心寫兮我心寫兮是以有譽處兮

裳裳猶堂堂也湑盛貌也君子內脩其身充滿而發於外人望見其容貌而知其君矣譬如堂堂之華而附之以湑然之葉無有不善者也今幽王積其不義其發於外者儳然小人爾是以君子思見賢君以寫其憂然後樂處其朝也

裳裳者華芸其黃矣我覯之子維其有章矣維其有章

矣是以有慶矣

黄色之正也芸黄之盛也有章有文也君子之有文

粲然如華之盛

裳裳者華或黄或白我覯之子乘其四駱乘其四駱六

轡沃若

華之不黄也則亦白而已君子之不處也則亦行而

已處亦君子也行亦君子也故曰乘其四駱六轡沃

若言亦不失盛也傷今幽王之不善無所往而非不

義也

左之左之君子宜之右之右之君子有之維其有之是以似之

君子左而宜其左右而有其右有者有諸中也中誠有之則其發於容貌者睟然其似之矣

裳裳者華四章章六句

詩集傳卷十二

欽定四庫全書

詩集傳卷十三

宋 蘇轍 撰

桑扈之什 小雅

桑扈刺幽王也

交交桑扈有鶯其羽君子樂胥受天之祜

鶯有文貌也胥辭也幽王直情而恣行無復禮文法度故思古之君子樂循禮義以受天福夫苟樂之則

其為之也安安則如固有之譬如桑扈之羽鶯然有文而不自知亦非其强之也

交交桑扈有鶯其領君子樂胥萬邦之屏

領頸也屏蔽也樂循禮義則足以屏萬邦矣

之屏之翰百辟為憲不戢不難受福不那

翰榦也戢歛也那多也王者屏翰四方而為諸侯法

苟不以禮自戢難而求肆情焉則亦不足以受多福矣

兕觵其觩旨酒思柔彼交匪敖萬福來求

兕觵罰爵也旨酒之和柔而兕觵之設所以常自戢難也

桑扈四章章四句

鴛鴦刺幽王也

鴛鴦于飛畢之羅之君子萬年福祿宜之鴛鴦在梁戢其左翼君子萬年宜其遐福乘馬在廏摧之秣之君子萬年福祿艾之乘馬在廏秣之摧之君子萬年福祿綏

之

鴛鴦匹鳥也方其止而取之則盡之矣故於其飛而取之惟俟其飛而後取故其在梁者戢翼而安也馬之在牧者無所用之則委之以摧其在廄者將用其力則加之以秣言君子之於物將用其死則不忍絶其類將用其力則不敢薄其養此天下所以願其萬年而享福禄也摧莝通秣粟也艾老也言以福禄終其身也

鴛鴦四章章四句

頍弁諸公刺幽王也

有頍者弁實維伊何爾酒既旨爾殽既嘉豈伊異人兄弟匪他蔦與女蘿施于松柏未見君子憂心奕奕既見君子庶幾説懌

頍弁貌也蔦寄生也女蘿兔絲也奕奕憂也彼所謂弁者實何物哉徒以人加之首而貴之耳今王豈謂我自貴而忽兄弟哉爾有旨酒嘉殽曷不與兄弟樂

之也兄弟之於王譬如蔦與女蘿之託松柏耳不見

則憂見則庶幾王樂之王奈何獨不顧哉

有頍者弁實維何期爾酒既旨爾殽既時豈伊異人兄

弟具來蔦與女蘿施于松上未見君子憂心怲怲既見

君子庶幾有臧

怲怲憂盛滿也

有頍者弁實維在首爾酒既旨爾殽既阜豈伊異人兄

弟甥舅如彼雨雪先集維霰死喪無日無幾相見樂酒

今夕君子維宴

雪將降而霰先之故不宴者誅滅之先也君子以是知死之無日相見之無幾無所復賴而相告曰苟今夕有酒也君子維以相宴而已不知其它矣知不可得免之辭也

頍弁三章章十二句

車舝大夫刺幽王也

間關車之舝兮思孌季女逝兮匪飢匪渴德音來括雖

無好友式燕且喜

閒關設舝也幽王嬖褒姒以亂政小人並進故君子

思具車以逆賢女雖飢渴而不顧庶幾內有賢妃德

音之士來會於朝雖無好友以事王姑以奉王燕喜

之樂猶愈於小人也

依彼平林有集維鷮辰彼碩女令德來教式燕且譽好

爾無射

依茂貌也鷮雉也辰時也林平而無嶮則雉集之王

者內無嬖后其心樂易則令德之士將來教之因以

奉其燕樂好之終身而無厭

雖無旨酒式飲庶幾雖無嘉殽式食庶幾雖無德與女

式歌且舞

恐賢女之不可必得故曰雖無旨酒嘉殽姑飲食焉

可也雖無德以配王姑歌舞以樂之猶愈於寢如之

有側也

陟彼高岡析其柞薪析其柞薪其葉湑兮鮮我覯爾我

心寫兮

鮮善也陟高岡而析柞薪爲其葉之蔽也褒姒之蔽王猶柞薪耳今誠去之使我獲見王焉則吾憂心庶幾寫矣

高山仰止景行行止四牡騑騑六轡如琴覯爾新昏以慰我心

景大也褒姒之在王側君子無復得進者今誠去褒姒使我見王如仰高山景行得行焉則吾將具四牡

調六轡以爲王聘賢女而致之以慰我心矣然則褒
姒若在雖有賢女而莫敢逆也

車舝五章章六句

青蠅大夫刺幽王也

營營青蠅止于樊豈弟君子無信讒言

營營往來貌也青蠅能變亂白黑故以比讒人焉樊
藩也止之於藩欲其遠也

營營青蠅止于棘讒人罔極交亂四國營營青蠅止于

榛譖人罔極構我二人

棘榛皆所以為藩也

青蠅三章章四句

賓之初筵衛武公刺時也

賓之初筵左右秩秩籩豆有楚殽核維旅酒既和旨飲酒孔偕鍾鼓既設舉醻逸逸大侯既抗弓矢斯張射夫既同獻爾發功發彼有的以祈爾爵

楚楚脩潔也殽豆實也核加籩桃梅之屬也旅陳也

偕齊也逸逸往來次序也大侯君侯也的質也先王將祭必大射以擇士將射必先行燕禮既安賓然後改縣以避射既旅然後張侯及弓比其射夫而耦之既耦然後拾發求勝以爵其不勝

籥舞笙鼓樂既和奏烝衎烈祖以洽百禮百禮既至有壬有林錫爾純嘏子孫其湛其湛曰樂各奏爾能賓載手仇室人入又酌彼康爵以奏爾時

烝進也衎樂也洽合也百禮九州諸侯所獻以助祭

者所謂庭實旅百也壬任也謂臣之任事者卿大夫是也林君也湛樂也載則也手取也仇敵也室人宗室也又復也康安也此章言既射而祭既祭而燕於寢於其祭也先作樂以求諸陽故秉籥而舞舞者與笙鼓和應以進樂其祖考以合見其百禮其以禮至者非其諸侯則其卿大夫也於是神則嘏之以福使其子孫無不湛樂者祭既畢歸賓客之俎而留兄弟曰將燕樂於寢故祭樂皆入各奏其能以樂之其燕

也以異姓為賓膳宰為主人膳宰賓之敵也賓取其敵以與宗室皆入於寢而又燕於是酌以安之而薦之以時物

賓之初筵溫溫其恭其未醉止威儀反反曰既醉止威儀幡幡舍其坐遷屢舞僊僊其未醉止威儀抑抑曰既醉止威儀怭怭是曰既醉不知其秩

上二章言先王之正禮故此章言幽王之燕方其未醉也其禮猶在爾及其既醉則不可知也反反顧禮

也僊僊輕數也抑抑愼密也怭怭媟嫚也

賓既醉止載號載呶亂我籩豆屢舞僛僛是曰既醉不

知其郵側弁之俄屢舞傞傞既醉而出並受其福醉而

不出是謂伐德飲酒孔嘉維其令儀

此章申言其亂而終誨之也僛僛不正也郵過也傞

傞不止也

凡此飲酒或醉或否既立之監或佐之史彼醉不臧不

醉反恥式勿從謂無俾大怠匪言勿言匪由勿語由醉

之言俾出童羖三爵不識矧敢多又

幽王與其下相尚以酒至有以不醉為恥而强使醉者故告之曰夫飲酒則必有醉者有否者為醉者之不善也是以既為之監復為之史以伺察之而乃反以不醉為恥哉蓋亦勿從而謂之使皆醉而益怠焉可也故告其醉者使慎其言語告其不醉者使勿從醉之言羖未有童者也俾出童羖深戒之也苟人知所以自戒則雖三爵而有不敢者况又其多哉

賔之初筵五章章十四句

魚藻刺幽王也

魚在在藻有頒其首王在在鎬豈樂飲酒

魚何在亦在藻耳其所依者至薄也然其首頒然而大自以為安不知人得而取之也今王亦在鎬耳寡恩無助天下將有圖之者而飲酒自樂恬於危亡之禍亦如是魚也毛氏因在鎬之言故序此詩為思武王以在藻頒首為魚得其性葢不識魚之在藻之有危意也

魚在在藻有莘其尾王在在鎬飲酒樂豈

莘長貌也

魚在在藻依于其蒲王在在鎬有那其居

那安也

魚藻三章章四句

采菽刺幽王也

采菽采菽筐之筥之君子來朝何錫予之雖無予之路

車乘馬又何予之玄衮及黼

采菽以為藿物至微而用至薄矣然猶設筐筥以待之而況諸侯乎故先王於其來也錫之以車馬重之以衣服不敢忽也玄袞玄衣而袞龍也黼白黑雜也

觱沸檻泉言采其芹君子來朝言觀其旂其旂淠淠鸞聲嘒嘒載驂載駟君子所屆

觱沸泉始洌也檻泉正出也觱沸之清泉吾將采其芹君子之來朝吾將觀其旂徒視其旂之淠淠而徐也其鸞之嘒嘒而和也吾以是知其有禮矣是以駕

而往迎之於其所至言無所不禮也駕者既服而三之曰驂四之曰駟

赤芾在股邪幅在下彼交匪紓天子所予樂只君子天子命之樂只君子福禄申之

赤芾蔽膝也邪幅偪也所以自偪束也紓緩也君子之所以自敕而交於人者如此則天子從而予之矣是以錫之命而申之以福禄

維柞之枝其葉蓬蓬樂只君子殿天子之邦樂只君子

萬福攸同平平左右亦是率從

殿鎮也平平辯治也從由也柞之枝其葉尚無不蓬

蓬者而況於天子殿邦之諸侯而可以無福禄乎諸

侯而有福禄然後能辯治以左右王室矣故曰亦是

率從

汎汎楊舟紼纚維之樂只君子天子葵之樂只君子福

禄膍之優哉游哉亦是戾矣

紼縴也纚緌也葵揆也膍厚也楊舟汎汎而無所定

紼纚可以維而止之天下之諸侯撫之則懷弃之則去亦如舟之無定耳古之明王揆其所欲而厚之以福禄則無不至者今幽王安於佚樂而忽遺之則是亦庶王而已無復懷者矣

采菽五章章八句

角弓父兄刺幽王也

騂騂角弓翩其反矣兄弟婚姻無胥遠矣

弓之張也騂騂其調利挽之而體節皆應及其弛也

翩然而反節自為處其勢無以相及譬之如兄弟婚姻親之則合而疏之則離是以告之使無相遠也

爾之遠矣民胥然矣爾之教矣民胥傚矣

上之所為下必有甚者故此詩言幽王之世王族怨望相病疥無有善者

此令兄弟綽綽有裕不令兄弟交相為瘉

綽綽寬也裕饒也瘉病也

民之無良相怨一方受爵不讓至于已斯亡

民之相怨也以一方而已未嘗以自反也受爵而不讓者知尤之矣而至於已則忘其非此所謂一方也

老馬反為駒不顧其後如食宜饇如酌孔取

饇飽也孔空也老馬必僨其駒必強老馬不自謂老而任駒之任後將不勝而不顧譬如小人而任賢者之事不畏其後之不克也故告之曰譬如食者必以其宜為飽之節譬如酌者必以其空為取之節食而不以其腹之所宜止則病酌而不以其空之所容止

則溢受爵而不以其量者亦猶是也

母教猱升木如塗塗附君子有徽猷小人與屬

猱猨屬也附木桴也猱之升木不教而能矣塗之塗附不力而堅矣王族之屬王不强而親矣特患徽猷之不立無以來之耳

雨雪瀌瀌見晛曰消莫肯下遺式居屢驕

晛日氣也遺予也雨雪之瀌瀌盛也見日而消矣王族之相怨毒王苟有意綏之亦釋然解矣今王曾莫

予之居於其上而屢驕焉而何以化彼哉

雨雪浮浮見晛曰流如蠻如髦我是用憂

蠻南蠻也髦西夷也言王之視王族如蠻髦之不相及也

角弓八章章四句

菀柳刺幽王也

有菀者柳不尚息焉上帝甚蹈無自暱焉俾予靖之後予極焉

菀茂也蹈動也暱近也靖治也極詠也君子之願庇於王譬如行道之人無不庶幾息於茂柳者徒以幽王暴虐神所不予天意動矣故相戒以無自暱近今雖使我為治後將誅我不可知也

有菀者柳不尚愒焉上帝甚蹈無自瘵焉俾予靖之後予邁焉

愒息也瘵病也邁行也行則放也

有鳥高飛亦傅于天彼人之心于何其臻曷予靖之居

以凶矜

鳥之高飛亦傳于天則止今王之心不知其所至曾飛鳥之不若也曷為使我治之而居我以凶危之地哉矜危也

詩集傳卷十三

欽定四庫全書

詩集傳卷十四

宋 蘇轍 撰

都人士之什　小雅

都人士周人刺衣服無常也

彼都人士狐裘黄黄其容不改出言有章行歸于周萬民所望

都美也都人士士之有美人之行者也周忠信也

彼都人士臺笠緇撮彼君子女綢直如髮我不見兮我心不說

臺夫須也其皮可以為笠緇撮緇布冠也君子女女之有君子之行者也髮之為物疏密如一而本末無異有常之至也

彼都人士充耳琇實彼君子女謂之尹吉我不見兮我心苑結

充耳瑱也琇美石也實塞也吉姞也春秋傳曰姞吉

人也尹氏姞氏周室昏姻之舊姓也人之見是女者皆以爲尹姞之女言其知禮也苑積也

彼都人士垂帶而厲彼君子女卷髮如蠆我不見兮言從之邁

厲帶之垂者也蠆螫蟲也其尾上卷

匪伊垂之帶則有餘匪伊卷之髮則有旟我不見兮云何盱矣

旟揚也盱病也帶由其自餘而垂之髮由其自揚而

卷之言古之為容者亦從其自然而非强之也

都人士五章章六句

采緑刺怨曠也

終朝采緑不盈一匊予髪曲局薄言歸沐

緑王芻也局卷也王芻易得之菜終朝采之而不盈匊意不在所采也婦人夫不在無容飾故曰予髪曲局矣庶幾君子之歸而沐之言其知怨思而已不知義也

終朝采藍不盈一襜五日為期六日不詹

藍染草也衣之前蔽曰襜詹至也五日為期六日不至而怨之言非所當怨也

之子于狩言韔其弓之子于釣言綸之繩

綸釣繳也田漁君子之所有事而婦人不與也今也狩則欲為之韔弓釣則欲為之綸繩言無節也

其釣維何維魴及鱮維魴及鱮薄言觀者

此章言其悅之無已故詠歌其釣之所獲於其獲也

又將從而觀之

采綠四章章四句

黍苗刺幽王也

芃芃黍苗陰雨膏之悠悠南行名伯勞之

宣王封申伯于謝使名公往營之名公之勞行者猶

陰雨之膏黍苗哀矜不能而思之也

我任我輦我車我牛我行既集葢云歸哉

名公之營謝民有負任者有輓輦者有將車者有牽

傍牛者凡行者皆集於謝則名公告之以歸矣言不久役也

我徒我御我師我旅我行既集蓋云歸處

五百人為旅五旅為師春秋傳曰君行師從卿行旅從天子之卿視諸侯

肅肅謝功名伯營之烈烈征師名伯成之原隰既平泉流既清名伯有成王心則寧

土治曰平水治曰清

黍苗五章章四句

隰桑刺幽王也

隰桑有阿其葉有難既見君子其樂如何

君子之在下譬如桑之生於隰其長阿然其盛難然

見者無不悦之故曰既見君子其樂如何

隰桑有阿其葉有沃既見君子云何不樂

沃柔也

隰桑有阿其葉有幽既見君子德音孔膠

幽黑色也膠固也

心乎愛矣遐不謂矣中心藏之何日忘之

苟吾心誠愛之君子豈遠我而不告哉苟吾心誠藏之何日而忘之哉吾之所以忘之心不藏也君子之所以不告吾不愛也

隰桑四章章四句

白華周人刺幽后也

幽后褒姒也

白華菅兮白茅束兮之子之遠俾我獨兮

白華野菅也已漚則為菅取白華而漚之又束以白茅焉言表裏無不潔也今申后之脩如此幽王遠之而近褒姒使獨居焉何哉

英英白雲露彼菅茅天步艱難之子不猶

天步王者之所履也猶圖也菅茅之為潔也至矣其生也白雲露之其所受以為質可知也已有人如此而王獨棄之曾不圖天步之艱難非此人莫與共之

也

滮池北流浸彼稻田嘯歌傷懷念彼碩人

滮流貌也豐鎬之閒其水北流水之性未有不流於東南者也水流於東南則其所及者遠逆流而北則其所能浸者稻田而已不及遠矣王者推其親親之恩自王后始其下將無不蒙澤者今反其常而愛褒姒故恩止於一人而下無所賴矣是以君子嘯歌傷懷而念碩人碩人申后也

樵彼桑薪卬烘于煁維彼碩人實勞我心

桑薪薪之善者也卬我也烘燎也煁烓竈所以焰也薪之善者當以爲爨而反以爲焰譬如申后之賢不獲偶王而弃於外也

鼓鐘于宮聲聞于外念子懆懆視我邁邁

鼓鐘于宮外未有不聞者幽王内有嫡庶之亂而求外之不聞難矣君子之念王懆懆其憂而王視之邁邁其不顧言無悛心也

有鶖在梁有鶴在林維彼碩人實勞我心

鶖禿鶖也鶖鶴皆以魚為食然鶴之於鶖清濁則有間矣今鶖在梁而鶴在林鶖則飽而鶴則饑矣幽王進褒姒而黜申后譬之如養鶖而棄鶴也

鴛鴦在梁戢其左翼之子無良二三其德

鳥之雄者右掩左其雌左掩右言陰陽之相下物無不然王曾是之不若也

有扁斯石履之卑兮之子之遠俾我疧兮

扁卑貌也疷病也石之施於履者乘石也石之扁然下者可施於履之卑而不可施於貴譬如人之賤者可以為妾而不可以為后言物各有所施之不可改也

白華八章章四句

緜蠻微臣刺亂也

緜蠻黄鳥止于丘阿道之云遠我勞如何飲之食之教之誨之命彼後車謂之載之

緜蠻小鳥貌也黃鳥之止於丘飛行飲食無不託焉而丘未嘗有厭微臣附於公卿出使於外柰何曾不飲食教載之哉

緜蠻黃鳥止于丘隅豈敢憚行畏不能趨飲之食之教之誨之命彼後車謂之載之緜蠻黃鳥止于丘側豈敢憚行畏不能極飲之食之教之誨之命彼後車謂之載之

極至也

緜蠻三章章八句

瓠葉大夫刺幽王也

幡幡瓠葉采之亨之君子有酒酌言嘗之

古之君子不以菲薄廢禮雖瓠葉之微猶將采而烹之以為飲酒之菹傷今幽王雖有牲牢饔餼而不肯用也

有兔斯首炮之燔之君子有酒酌言獻之

有兔斯首言一兔也獻主人酌賓也

有兎斯首燔之炙之君子有酒酌言酢之

酢賓酌主人也

有兎斯首燔之炮之君子有酒酌言醻之

醻主人既卒酢爵復酌賓也

瓠葉四章章四句

漸漸之石下國刺幽王也

漸漸之石維其高矣山川悠遠維其勞矣武人東征不皇朝矣

漸漸高峻也幽王之亂下國背叛王將以力征服之而不得故告之曰漸漸之石而欲以力平之乎吾見其高而已不可平也山川之悠遠而欲以行盡之乎吾見其勞而已不可盡也今諸侯背叛而欲以武人征之吾亦見其益亂而已不暇使之朝也孔子曰遠人不服則脩文德以來之遠人可以德懷而不可以力勝武人非所以來之也

漸漸之石維其卒矣山川悠遠曷其沒矣武人東征不

皇出矣

卒崔嵬矣沒盡也出出之於亂也

有豕白蹢烝涉波矣月離于畢俾滂沱矣武人東征不

皇它矣

蹢蹄也豕四蹢白曰駭白蹢豕之尤躁疾者也烝進也畢噣也豕之性好水而畢之性好雨豕馴則居陸駭則涉水故豕之進而涉波人之過也畢得月則雨月不至則否故畢之至於滂沱月之過也譬之諸侯

好亂而王又以武臨之是以懼而深謀阻兵以自救勢之相激其亂遂連而不解故曰武人東征不遑他矣夫使武人征之而尚何暇及其他哉蓋亦知誅之而已此亂之所以益甚也

漸漸之石三章章六句

苕之華大夫閔時也

苕之華芸其黄矣心之憂矣維其傷矣

苕陵苕也其華紫赤而繁將落則黄言周室之衰如

是華也

苕之華其葉青青知我如此不如無生

言華已盡矣徒見其葉耳

牂羊墳首三星在罶人可以食鮮可以飽

牂羊牝羊也墳大也罶曲梁也曲梁寡婦之笱也牂羊墳首言無是道也三星在罶言不能久也人可以食鮮可以飽言無暇及飽也

苕之華三章章四句

何草不黄下國刺幽王也

何草不黄何日不行何人不將經營四方

歲暮草黄矣而行者不息言久役也

何草不玄何人不矜哀我征夫獨為匪民

草黄極則玄久役而弃其室家曰矜

匪兕匪虎率彼曠野哀我征夫朝夕不暇有芃者狐率

彼幽草有棧之車行彼周道

芃小貌也棧車役車也車之行道如狐之循草無有

止期也

何章不黄四章章四句

詩集傳卷十四

欽定四庫全書

詩集傳卷十五

宋　蘇轍　撰

大雅

文王在位五十年其始也三分天下有其二以服事商其政行於西南而不及於東北其後虞芮質成於周文王伐黎而戡之東北咸集詩曰商之子孫其麗不億上帝既命侯于周服文王於是受命稱王九年

而崩書曰誕膺天命維九年大統未集此所謂受命作周也然學者或言武王克商而稱王文王之世紂猶在上則王號無所施之予以為不然文王之治西南諸侯之大者也故猶可以事人及其行於四方則天子之事也雖欲復為諸侯而不可得矣是以即其實而稱王紂雖未服而天下去之其所以為王之實亦亡矣故文王之得此名也以其有此實也紂之失此名也以其無此實也空名雖存而衆不予其存無

損於周之稱王而其亡不為益矣是以文王之世置而不問至於武王紂日長惡不悛於是與諸侯觀政於商以為紂將改歟則固將釋之釋之非復以周事之矣存之而已若其不改則將伐之伐之非以成周之王也為不忍民之久於塗炭而已不然豈文王獨能事紂而武王不能哉從世俗之説必將有一人受其非者此不可不辯也

文王之什　大雅

文王文王受命作周也

文王在上於昭于天周雖舊邦其命維新有周不顯帝
命不時文王陟降在帝左右

文王之在民上其德上昭于天蓋周之有國數百千歲也至是始受命以有天下君子曰周之德豈不顯而帝命豈不是哉文王行事常若升降在帝左右者蓋聖人先天而天弗違後天而奉天時與天如一故也詩於天人之際多以陟降言之

亹亹文王令聞不已陳錫哉周侯文王孫子文王孫子本支百世凡周之士不顯亦世

亹亹勉也哉載也侯維也文王維不專利而布陳之以與人人思載之是以立於天下者未有非其子孫也文王之子孫適為天子而庶為諸侯其祚無不百世者是何故也凡周之士雖其不顯者猶莫不世而況其顯者乎士猶且獲世而況文王之子孫乎此所謂陳錫哉周也厲王之世榮夷公以專利為卿士芮

良夫諫曰夫利百物之所生而天地之所載也而或專之其害多矣大雅曰陳錫哉周是不布利而懼難乎故能哉周以至于今此之謂也

世之不顯厥猶翼翼思皇多士生此王國王國克生維周之楨濟濟多士文王以寧

皇大也楨榦也士之不顯者猶且翼翼不忘敬也而況其顯者乎言士未有不可用者也是以文王思大獲多士以爲周之榦言無所不容也無所不容此文

王之所以安也

穆穆文王於緝熙敬止假哉天命有商孫子商之孫子其麗不億上帝既命侯于周服

穆穆美也緝和也熙光也假大也麗數也不億不徒億也天命文王使有商之子孫商之子孫衆矣而維服于周言其德無所不懷雖商人亦無有與之較者也

侯服于周天命靡常殷士膚敏祼將于京厥作祼將常

服黼冔王之藎臣無念爾祖

膚美也敏疾也祼灌鬯也將行也京周京也冔殷冠也夏曰收周曰冕藎進也殷人之來助祭於周者尚皆服其冔其臣周也新矣然而文王無不受者言其德廣大無所忌間也故於以告成王曰王之進臣可無念爾祖哉

無念爾祖聿脩厥德永言配命自求多福殷之未喪師克配上帝宜鑒于殷駿命不易

聿述也配順也駿大也既告之使脩文王之德順天命以求多福則又告之以殷之未失衆也其君皆能配天及其末世維違天以敗故曰宜鑒于殷駿命不易言天命之難保也

命之不易無遏爾躬宣昭義問有虞殷自天上天之載無聲無臭儀刑文王萬邦作孚

遏絶也義善也有又通虞度也知命之不易故告之使無自遏絶於天布明善問度商之所以興廢以順

天命蓋天之所欲載者非有聲音臭味可推而知也

惟儀刑文王則萬邦信之萬邦信之則天載之矣

文王七章章八句

大明文王有明德故天復命武王也

明明在下赫赫在上天難忱斯不易維王天位殷適使

不挾四方

人君之德其見於下者甚明其發於上者甚著故天

意之去就難信也世世之所謂不可易者天子也今紂

居天位而又殷之適然以其不義故使其政令不浹於四方天之難信也如是

摯仲氏任自彼殷商來嫁于周曰嬪于京乃及王季維德之行

摯國任姓之中女自商之畿内而歸於王季行婦道於周京言文王之賢其所從來者遠自其父母而已然矣

大任有身生此文王維此文王小心翼翼昭事上帝聿

懷多福厥德不回以受方國

大任仲任也懷來也方國四方來附之國也

天監在下有命既集文王初載天作之合在洽之陽在

渭之涘

載成也天既集大命于周於文王之始成人也則爲

作配於洽渭之閒洽渭之閒太姒父母國在焉馮翊

洽陽是也

文王嘉止大邦有子大邦有子俔天之妹文定厥祥親

迎于渭造舟為梁不顯其光

俔譬也文禮也昏禮既問名則卜之卜而吉則納幣以定之造舟為梁浮梁也

有命自天命此文王于周于京纘女維莘長子維行篤生武王保右命爾燮伐大商

天既命文王于周京則以有莘之長女大姒適之以纘大任之業其德積厚遂生武王天復保佑而命之使燮和伐商之事

殷商之旅其會如林矢于牧野維予侯興上帝臨女無貳爾心

矢陳也牧野商郊也紂陳其衆以拒武王然其衆維武王是為無不欲武王興者曰上帝臨女矣無疑不克紂也

牧野洋洋檀車煌煌駟騵彭彭維師尚父時維鷹揚涼彼武王肆伐大商會朝清明

駵馬白腹曰騵師尚父太公望也涼佐也肆縱也春

秋傳曰使勇而無剛者肆之會於清明之朝而克紂

蓋書所謂甲子昧爽也

大明八章四章章六句四章章八句

緜文王之興本由大王也

緜緜瓜瓞民之初生自土沮漆古公亶父陶復陶穴未

有家室

緜緜不絶貌也瓜瓞瓜近本之實也瓜之近本者常

小於其故土居也沮漆豳之二水也齊詩土作杜漢

扶風有杜陽杜水南入渭言國於杜與沮漆之間也古公亶父大王也復復於土上也穴鑿地也其狀皆如陶然周自不窋奔於戎狄後世國於漆沮之上子孫衰替如瓜之瓞歲以益小至於大王其始猶處於復穴無室家之盛及遷於岐周而後大興焉

古公亶父來朝走馬率西水滸至于岐下爰及姜女聿來胥宇

大王居豳狄人侵之事之以皮幣犬馬而不獲免乃

屬其耆老而告之曰狄人之所欲者吾土地也吾聞之君子不以其所以養人者害人二三子何患無君去之踰梁山邑乎岐山之下豳人之從者如歸市朝早也朝發於豳循水而至岐下及其妃大姜皆來相宅言其妃亦賢人也

周原膴膴菫荼如飴爰始爰謀爰契我龜曰止曰時築室于茲

膴膴美也菫藋也荼苦也契刻也卜者必刻龜而灼

之時人也

迺慰迺止迺左迺右迺疆迺理迺宣迺畝自西徂東周爰執事

慰安也左右東西列之也疆畫經界也理分土宜也宣道溝洫也畝度廣狹也自西徂東民之來自豳者也爰於也

乃召司空乃召司徒俾立室家其繩則直縮版以載作廟翼翼

司空掌營國邑司徒掌徒役之事繩宮室之所取直也縮束也載上下相承也始建國者宗廟爲先廄庫爲次居室爲後

捄之陾陾度之薨薨築之登登削屢馮馮百堵皆興鼛鼓弗勝

捄虆也陾陾衆也度投也薨薨聲也登登用力也削屢重復削治也鼛大鼓也築牆者捊聚壤土盛之以虆投諸版中而築之既成而削之其聲馮馮然堅也

五版為堵擊鼛鼓以止衆而不能止言勸事也

迺立皐門皐門有伉迺立應門應門將將迺立冢土戎醜攸行

諸侯之宫外門曰皐門曰朝門曰應門寢門曰路門天子加之以庫雉冢土大社也戎大也醜衆也起大衆必先有事于社而後出謂之宜

肆不殄厥愠亦不隕厥問柞棫拔矣行道兑矣混夷駾矣維其喙矣

殄絶也慍怒也隕墜也問聘問也柞櫟也棫白桵也駾突也喙喘也古公之徙於岐周其心豈忘混夷之怨哉徒以國家未定人民未集故不敢失聘問之禮姑與之為無憾而及其閒暇以脩其政令要吾所植柞棫拔而遂茂行道兊而成蹊凡所以為國者既已繕完則夫混夷將不較而自服苟猶欲奔突我者則維以自困而已不能害我矣

虞芮質厥成文王蹶厥生予曰有疏附予曰有先後予曰

有奔奏予曰有禦侮

大王肇基王迹至於文王其始猶國於岐山之下其地甚狹故孟子言文王方百里起其後既克密須而國於岐渭之間既克崇然後涉渭作都於豐豐在京兆長安而崇在鄠其地既廣其所服從之國亦衆三分天下而有其二然其政猶行於西南而已未能及於東北其後虞芮之君相與争田久而不平乃皆朝周而質焉入其境耕者讓畔行者讓路入其邑男女

異路班白不提挈入其朝士讓為大夫大夫讓為卿二國之君愧焉乃以其所爭為閒田而去虞在陝之平陸芮在同之馮翊平陸有閒原焉則虞芮之所讓也虞芮之訟既平其傍聞之相帥而歸周者四十餘國東北既集文王於是受命稱王質正也成獄成也蹶動也虞芮欲質其成而文王有以動之使其禮義廉恥之心油然而生君子曰文王之所以能至於此者何哉予以為其臣無所不具其臣無所不具者文

王之盛德也率下親上曰疏附相道前後曰先後喻德宣譽曰奔奏武臣折衝曰禦侮

緜九章章六句

棫樸文王能官人也

芃芃棫樸薪之槱之濟濟辟王左右趣之

芃芃盛貌也棫小木也樸枹生也槱積也小木而枹生以為無所用之材矣然猶可以為薪而積之而況其大者乎文王之官人小大無所遺棄亦猶是也故

其在朝也其左右翼然趣之言官備也

濟濟辟王左右奉璋奉璋峨峨髦士攸宜

半圭曰璋諸臣所奉也峨峨盛壯也髦俊也文王之朝奉璋者皆士之俊也

淠彼涇舟烝徒楫之周王于邁六師及之

淠舟行貌也烝衆也能浮而載物者舟也故舟載而已不復事行也使衆人楫之而行淠然矣能得人而官之者文王也故文王官人而已不復爲也六師與

之而其所至者遠矣

倬彼雲漢為章于天周王壽考遐不作人

天之蒼蒼豈自有章哉則亦有雲漢以為之章耳文王老矣無所復為矣然豈不能遠作人使為我章哉遐遠也不親之謂遠鼓之舞之之謂作

追琢其章金玉其相勉勉我王綱紀四方

追亦琢也相質也文王用人而不為徒脩其身以御之故外則追琢其章內則金玉其相以為之綱紀而

綱所以張也紀所以理也綱之紀之而綱紀乃可取然綱紀不自取也

棫樸五章章四句

旱麓受祖也

瞻彼旱麓榛楛濟濟豈弟君子干祿豈弟

旱山名也麓山足也榛栗屬也楛荆屬也濟濟衆多也山作雲雨以澤萬物而麓之草木亦被焉譬之如周之先祖其所以利人者廣故其子孫亦受其福以

樂易求福其報未有不樂易者也

瑟彼玉瓚黄流在中豈弟君子福禄攸降

瑟鮮潔貌也玉瓚宗廟所用灌也黄流秬鬯也言其祭也維得樂易君子以奉之而神降之以福禄矣

鳶飛戾天魚躍于淵豈弟君子遐不作人

道在我而物無不咸得其性鳶以之飛於上魚以之躍於下而況於人乎或曰天之高也以為不可及矣然鳶則至焉淵之深也以為不可入矣然魚則躍焉

夫鳶魚之能至此也必有道矣豈可以我之不能不信哉君子推其誠心以御萬物雖幽明上下無不能格小人不能知而或疑之何以異不信鳶魚之能飛躍哉記曰君子之道費而隱夫婦之愚可以與知焉及其至也雖聖人亦有所不知焉夫婦之不肖可以能行焉及其至也雖聖人亦有不能焉天地之大也人猶有所憾故君子語大天下莫能載焉語小天下莫能破焉詩云鳶飛戾天魚躍于淵言其上下察也

清酒既載騂牡既備以享以祀以介景福

載載於罍也

瑟彼柞棫民所燎矣豈弟君子神所勞矣

燎謂熂燎所以除草也柞棫茂密則民斯燎之矣君子樂易則神斯勞之矣皆不求而可以自得之謂也

莫莫葛藟施于條枚豈弟君子求福不回

莫莫盛貌也君子之託於民上如葛藟之施于條枚非以巧得之蓋民之所樂奉耳

旱麓六章章四句

思齊文王所以聖也

思齊大任文王之母思媚周姜京室之婦大姒嗣徽音則百斯男

媚愛也京室周室也能以禮齊其家者文王之母大任也能以德媚其國者周室之婦太姜也大王始遷於周故太姜稱周室之婦周家比世皆有賢妃而大姒又能繼其德音無妬忌之行以母百男此文王所

以能全其聖也

惠于宗公神罔時怨神罔時恫刑于寡妻至于兄弟以
御于家邦

惠順也宗尊也恫痛也寡妻猶言寡小君也文王上順其先公推其心以事天地百神而無有怨痛下治其室家推其道以御宗族邦國而無有不順言文王之治遠自其近者始而皆一道也

雝雝在宮肅肅在廟不顯亦臨無射亦保肆戎疾不殄

烈假不瑕

雝雝和也肅肅敬也顯揚也戎假皆大也烈業也瑕遠也文王之在宮也雝雝其和在廟也肅肅其敬雖士之不揚陋於威儀者莫不臨省之士之無射短於枝藝者莫不保任之言文王之用人不求備使士皆獲盡其力故其戎疾無有不殄而大業無有不瑕者也

不聞亦式不諫亦入肆成人有德小子有造古之人無

斁譽髦斯士

式用也內無所聞知而外不能以告人此士之不學者也然猶獲入而用之故士皆勉於進雝然競作於下成人者有德小子有造古之人亦不自厭弃也然後文王因其譽以取其俊而用之是以下無弃人也古之人猶言昔之人也書曰昔之人無聞知謂老者也

思齊四章章六句

皇矣美周也

皇矣上帝臨下有赫監觀四方求民之莫維此二國其政不獲維彼四國爰究爰度上帝耆之憎其式廓乃眷西顧此維與宅

皇大也莫定也二國夏商也四國四方之國也耆老也廓大也帝觀四方求民之所歸定夏商之政不獲天心天乃究度四方將擇其可者與之然猶須假而養之至其老而不變憎其惡之寖大乃眷然西顧見

周德之可依而與居焉言天非私周也

作之屏之其菑其翳脩之平之其灌其栵啓之辟之其檉其椐攘之剔之其檿其柘帝遷明德串夷載路天立厥配受命既固

木立死曰菑自斃曰翳灌叢生也栵栭也檉河柳也椐樻也檿山桑也串習也夷平也大王之徙於岐周也伐山刊木而居之帝依其明德而遷焉四方之民習其道路夷其險阻而歸之来者載路而不絶蓋天

之祐之也久矣自立其賢妃大姜以配之而其受命既固矣

帝省其山柞棫斯拔松柏斯兑帝作邦作對自大伯王季維此王季因心則友則友其兄則篤其慶載錫之光受祿無喪奄有四方

兑易直也對配也人君國之配也大王居周而天祐之至於草木無不省視之者既立之國又與之以賢君故大伯以王季之兄而讓於王季王季因其心而

友之厚周之慶而光施於大伯以至于子孫覆有天下

維此王季帝度其心貊其德音其德克明克明克類克長克君王此大邦克順克比比于文王其德靡悔既受帝祉施于孫子

春秋傳曰心能制義曰度德正應和曰貊照臨四方曰明勤施無私曰類教誨不倦曰長賞慶刑威曰君慈和徧服曰順擇善而從曰比凡王季之行雖文王

之聖從後視之而無所悔是以其福能施於子孫也

帝謂文王無然畔援無然歆羡誕先登于岸密人不恭敢拒大邦侵阮徂共王赫斯怒爰整其旅以按徂旅以篤周祜以對于天下

畔援猶偃蹇也帝謂文王無為偃蹇不進已至而不取亦無歆慕好先未至而欲得是二者皆將失之何也退者將以要致之進者將以先取之要之者不知事之已至而先之者不知事之未及故莫若安以俟

之也夫惟安以俟之故未及而不求已至而不疑譬
如相與皆涉要必我先登于岸易曰介如石不終日
故文王之於密也赫然征之而無留焉由此道也密
密須也姞姓之國在安定陰密阮共周之二邑也徂
往也按止也旅師也對荅也伐密所以荅天下之望
周也

依其在京侵自阮疆陟我高岡無矢我陵我陵我阿無
飲我泉我泉我池度其鮮原居岐之陽在渭之將萬邦

之方下民之王

京大阜也矢陳也鮮善也將側也方嚮也密人之兵依山而侵阮陟其岡而居焉文王之人見者莫不怒之曰安得陳於我陵而飲於我泉哉此皆我有也於是拒之入阮而止不及共矣此所謂以按徂旅也文王既克密須於是相其高原而徙都焉所謂程邑是歟或曰漢扶風安陵周之程邑也及其克崇則徙居於豐

帝謂文王予懷明德不大聲以色不長夏以革不識不知順帝之則帝謂文王詢爾仇方同爾兄弟以爾鉤援與爾臨衝以伐崇墉

大聲以色外為之而内無有也長夏以革為之於窮約而忘之於盛大也文王之德不以才識不以智知漠然無心而與天為徒故無内外之異無窮達之變此天之所以歸之也於是命之克崇自是以有天下焉凡言帝謂文王以意推天也仇怨也鉤援鉤梯也

臨衝臨車衝車也

臨衝閑閑崇墉言言執訊連連攸馘安安是類是禡是致是附四方以無侮臨衝茀茀崇墉仡仡是伐是肆是絕是忽四方以無拂

閑閑茀茀動揺也言言仡仡崩阤也訊問也馘獲也連連安安徐也天子將出征類于上帝宜于社造于禰禡于所征之地致者致其社稷羣神也附者附其先祖為之立後也肆縱也忽滅也

皇矣八章章十二句

靈臺民始附也

經始靈臺經之營之度民攻之不日成之

文王克崇而都豐豐鎬之間民始附之於是作靈臺焉靈之言善也孟子曰文王以民力為臺為沼而民歡樂之謂其臺曰靈臺謂其沼曰靈沼經度之也營表之也攻作也

經始勿亟庶民子來王在靈囿麀鹿攸伏

言不擾也

麀鹿濯濯白鳥翯翯王在靈沼於牣魚躍

濯濯娛游也翯翯肥澤也牣充也文王之囿雖麀鹿

魚鼈無不得其所者

虡業維樅賁鼓維鏞於論鼓鐘於樂辟廱

植者曰虡橫者曰栒栒上之板曰業業上之刻曰崇

牙樅峻峙也賁大鼓也鏞大鐘也論講也因民之樂

而講求鐘鼓之度以作辟雍之樂也莊子曰文王有

辟雍之樂
於論鼓鐘於樂辟廱鼉鼓逢逢矇瞍奏公
鼉魚屬也逢逢和也矇瞍瞽也公事也
靈臺五章章四句
下武繼文也
下武維周世有哲王三后在天王配于京
武迹也先王既没而其迹在下不絶者維周然耳三
后大王王季文王也王武王也京鎬京也

王配于京世德作求永言配命成王之孚

作起也起而求其先世之德以繼之也孚信也三后之世王迹既兆其孚見矣及武王配天之命而後成也

成王之孚下土之式永言孝思孝思維則媚茲一人應侯順德永言孝思昭哉嗣服

侯維也服事也武王既成王業天下咸法則之其所法者其孝也故人思所以媚之者維順其德以應之

然則武王之孝能嗣其先王之事者豈不明哉

昭茲来許繩其祖武於萬斯年受天之祜

昭明也許所也繩約也武王昭其孝於来世使約其祖武而行故能久荷天禄而不替也

受天之祜四方来賀於萬斯年不遐有佐

四方皆来賀之不遠有佐之者乎

下武六章章四句

文王有繼伐也

繼文者言繼其文德繼伐者又兼言其武功也

文王有聲遹駿有聲遹求厥寧遹觀厥成文王烝哉

遹述也駿大也烝君也文王之所以有聲者能述大其先人之聲耳凡求其所以安觀其所以成無非述之者此文王之所以為君也

文王受命有此武功既伐于崇作邑于豐文王烝哉築城伊淢作豐伊匹匪棘其欲遹追來孝王后烝哉

匹偶也來勤也方十里曰成成間有淢廣深八尺文

王城豐大小適與成偶非以急成其欲乃以述追其先君之勤孝而已自其克崇作豐而王業成故以王后名之

王公伊濯維豐之垣四方攸同王后維翰王后烝哉

文王君臣相與洗濯脩潔其政故天下莫敢侮此則豐之垣也四方諸侯相率而歸周無有不順此則文王之翰也

豐水東注維禹之績四方攸同皇王維辟皇王烝哉

豐水入渭東注于河豐水之所以東注者禹之功也四方之所以歸周者武王維君也皇大也武王之於文王則王業益大矣故稱皇王焉

鎬京辟廱自西自東自南自北無思不服皇王烝哉

鎬京武王之所都在長安鎬水之上辟廱天子之學也舉其大則自鎬京舉其小則自辟廱其外無不服者

考卜維王宅是鎬京維龜正之武王成之武王烝哉

考稽也

豐水有芑武王豈不仕詒厥孫謀以燕翼子武王烝哉

芑草也仕事也燕安也翼敬也水之於物無所事矣然猶以其澤生芑而況於武王未嘗不事哉故遺其子孫之謀以安後世之敬者此詩言文王者先曰文王後曰王后其言武王者先曰皇王後曰武王蓋文王老而稱王武王即位而稱王故也文武則其正號矣

文王有聲八章章五句

詩集傳卷十五

詩集傳卷十六

宋 蘇轍 撰

生民之什 大雅

生民尊祖也

周公制禮推尊后稷以配天故為此詩言其所以尊之

厥初生民時維姜嫄生民如何克禋克祀以弗無子履

帝武敏歆攸介攸止載震載夙載生載育時維后稷

禋敬也弗祓也武迹也敏拇也介覺也震娠也夙肅也后稷之母姜氏之女曰嫄為帝嚳元妃稷之生也姜嫄禋祀郊禖以祓去無子之疾見大人迹焉而履其拇歆然感之若有覺其止之者於是有身肅戒不御而生后稷蓋此詩言后稷之生甚明無可疑者然

毛氏獨不信曰履帝武者從高辛行也余竊非之以履帝武為從高行嚮至於牛羊字之飛鳥覆之之何

哉要之物之異於常物者其取天地之氣弘多故其生也或異虎豹之生異於犬羊蛟蜃之生異於魚鱉物固有然者神人之生而有以異於人何足怪哉雖近世猶有然者然學者以其不可推而莫之信夫事之不可推者何獨此以耳目之陋而不信萬物之變物之變無窮而耳目之見有限以有限待無窮則其為說也勞而世不服古之聖人不然苟誠有之不以所見疑所不見故河圖洛書稷契之生皆見於詩易

不以為怪其說蓋廣如此後世復有聖人無是固不不可少之而有是亦不足怪此聖人之意也

誕彌厥月先生如達不坼不副無菑無害以赫厥靈上帝不寧不康禋祀居然生子

誕大也彌終也達羊子也后稷姜嫄之元子也旣終其月而生其生也如達之易赫然甚異於人此豈上帝不安之哉然姜嫄乃反以其由禋祀之故居然無疾而生子是以不安而棄之

誕寘之隘巷牛羊腓字之誕寘之平林會伐平林誕寘之寒冰鳥覆翼之鳥乃去矣后稷呱矣

寘置也腓辟也字愛也覆蓋也翼藉也呱泣聲也於是知有天異往取之矣

實覃實訏厥聲載路誕實匍匐克岐克嶷以就口食蓺之荏菽荏菽旆旆禾役穟穟麻麥幪幪瓜瓞唪唪

覃長也訏大也岐岐嶷嶷峻茂也言后稷之生其體實長且大其聲則載於路矣及其始匍匐以就食也

其形則已岐嶷矣及其稍壯遂知樹藝五穀言出於其性也荏菽大豆也旆旆長也役行列也穟穟苗好也幪幪苗盛也唪唪多實也

誕后稷之穡有相之道茀厥豐草種之黃茂實方實苞實種實褎實發實秀實堅實好實穎實栗即有邰家室

相助也茀荒也黃茂嘉穀也方極畝也苞茂也種生不雜也褎長也發發管也秀華也穎垂穎也栗不秕也后稷之為稷官也稼穡常若有助之者雖茀穢豐

草之地皆能以生嘉穀故堯封之於邰使即其母之家而居之邰姜嫄父母國也在今武功

誕降嘉種維秬維秠維穈維芑恒之秬秠是穫是畝恒之穈芑是任是負以歸肇祀

秬黑黍也秠一稃二米也穈赤苖也芑白苖也恒徧也任擔也肇始也后稷既封而穫嘉種曰天實降此於是徧種之既成穫而棲之於畝負任以歸而始祭天焉

誕我祀如何或舂或揄或簸或蹂釋之叟叟烝之浮浮載謀載惟取蕭祭脂取羝以軷載燔載烈以興嗣歲揄抒臼也蹂揉熟之也釋淅米也叟叟聲也浮浮氣也既治其米以待祭祀於是謀祭之日思祭之備及其將祭則取蕭草與祭牲之脂爇之於行神之位馨香既聞取羝羊之體以祭神又燔烈其肉以為尸羞然後祀軷而往郊所以興來歲繼往歲也此所謂孟春祈穀于上帝

卬盛于豆于豆于登其香始升上帝居歆胡臭亶時后稷肇祀庶無罪悔以迄于今

卬我也木曰豆瓦曰登豆薦葅醢登薦大羮亶信也時是也言非獨其芳臭信能至是也自后稷始祭天而無罪悔以至于今是以天饗之也古者天子祭天地諸侯祭社稷此禮之不可易者也然后稷堯之諸侯周公周之諸侯也而皆得祭天此何禮也洚水之後民方阻饑后稷教之播種民於是獲粒食天實祐

之而錫之嘉種詩曰誕降嘉種維秬維秠維穈維芑

又曰貽我來牟帝命率育及周公遭流言之變成王

疑之天大雷電以風禾偃木拔及成王啟金縢之書

知其以周公故也將迎周公為之出郊而天乃雨反

風禾則盡起蓋二公之德上昭於天天所以佑之者

如此故堯與成王因天之意而使之祭天非私許之

也不然二公之世賢者多矣而皆不得祭天蓋天命

之所不及故也

生民八章四章章十句四章章八句

行葦忠厚也

敦彼行葦牛羊勿踐履方苞方體維葉泥泥

敦聚貌也行道也苞本也體榦也泥泥弱貌也道上
之葦其為物也微矣仁人君子將於是何求哉然謂
其方且欲生也故禁牛羊使勿踐之而況於人乎故
王者內則親睦九族外則尊事黃耇凡以無逆其性
而非有所望之也此所謂忠厚也

戚戚兄弟莫遠具爾或肆之筵或授之几

戚戚相親也爾近也肆成也少者肆筵而已老者加之以几

肆筵設席授几有緝御或獻或酢洗爵奠斝

緝續也御侍御也斝亦爵也兄弟之老者既陳之筵又設之以重席既授之几又有相代而侍之者主人獻賔賔酢主人主人洗爵而醻賔則賔受而奠之不舉也

醓醢以薦或燔或炙嘉殽脾臄或歌或咢

醓醢醢之多汁者也薦禮非葅則醓醢燔肉也炙肝也臄函也脾函所以為加也歌者比於琴瑟徒擊鼓曰咢

敦弓既堅四鍭既鈞舍矢既均序賓以賢

敦弓畫弓也鍭矢也鈞參亭也均四隅均也賢射中多也此將養老而以射擇其賓也

敦弓既句既挾四鍭四鍭如樹序賓以不侮

句轂通射禮搢三挾一既挾四鍭則徧釋矣不侮敬也

曾孫維主酒醴維醹酌以大斗以祈黃耇

曾孫謂成王也醹厚也大斗其長三尺祈告也酒醴既備則以告於黃耇而養之

黃耇台背以引以翼壽考維祺以介景福

台鮐也大老其背有鮐文引導之也翼左右之也祺吉也

行葦八章章四句

既醉太平也

既醉以酒既飽以德君子萬年介爾景福

周自文王至於成王而天下平無所復事故君子作此詩言王與羣臣祭畢而燕於寢旅酬至無筭爵醉之以酒而飽之以德臣之所以願其君者反復而不厭此謂太平也

既醉以酒爾殽既將君子萬年介爾昭明

將行也昭明顯著於天下也

昭明有融高朗令終令終有俶公尸嘉告

融和也俶始也昭明而能和高朗而能終終而復始福無窮也尸以是無窮之福嘏於成王王者以卿為尸天子之卿有以諸侯為之故曰公尸

其告維何籩豆靜嘉朋友攸攝攝以威儀

尸之所以嘏主人者以其籩豆靜嘉君臣相敕以無違禮故也朋友王之友臣也攝檢也

威儀孔時君子有孝子孝子不匱永錫爾類

君子之事神其禮無不時者故神錫之以孝子孝之施於人無窮故又能錫其類

其類維何室家之壼君子萬年永錫祚胤

壼廣也能錫其類則室家之廣皆將化之則其胤嗣無不賢者矣

其胤維何天被爾祿君子萬年景命有僕其僕維何釐爾女士釐爾女士從以孫子

僕屬也釐予也天之所以屬之者予之以女子而有士君子之行者也予之以女士而其子孫無不賢者矣

既醉八章章四句

鳬鷖守成也

鳬鷖在涇公尸來燕來寧爾酒既清爾殽既馨公尸燕飲福禄來成

守成者守先王之成法而無所損益之謂也故此詩

言祭畢而燕尸潔其酒食而將之以敬不失其故而
已尸之在廟也其容安詳鳧鷖之爲物也慁而遲其
貌似焉鳧鷖皆水鳥涇水名也

鳧鷖在沙公尸來燕來宜爾酒既多爾殽既嘉公尸燕
飲福祿來爲

爲助也

鳧鷖在渚公尸來燕來處爾酒既湑爾殽伊脯公尸燕
飲福祿來下鳧鷖在潨公尸來燕來宗既燕于宗福祿

攸降公尸燕飲福祿來崇
潨水會也來宗來尊也崇重也
鳧鷖在亹公尸來止熏熏旨酒欣欣燔炙芬芬公尸燕
飲無有後艱
亹山絶水也熏熏和說也欣欣樂也芬芬香也
鳧鷖五章章六句
假樂嘉成王也
假樂君子顯顯令德宜民宜人受祿于天保佑命之自

天申之

假嘉也春秋傳作嘉樂申重也言天之於成王反覆申重而不厭是以保右而命之也

干祿百福子孫千億穆穆皇皇宜君宜王不愆不忘率由舊章

成王干祿而得百福故其子孫之蕃至于千億適為天子庶為諸侯無不穆穆皇皇以遵成王之法者

威儀抑抑德音秩秩無怨無惡率由羣匹受福無疆四

方之綱

無所不容故無怨無所不矜故無惡從衆之欲而已不自為是以能受無疆之福為四方之綱

之綱之紀燕及朋友百辟卿士媚于天子不解于位民之攸塈

燕安也塈息也成王紀綱四方而臣下賴之以安故百辟卿士思所以媚之者曰維不解于位不解于位故民獲休息也

假樂四章章六句

公劉名康公戒成王也

篤公劉匪居匪康廼埸廼疆廼積廼倉廼裹餱糧于槖于囊思輯用光弓矢斯張干戈戚揚爰方啟行

后稷始封于邰傳于不窋而失其官竄於戎狄之閒再世不顯其孫公劉復修后稷之業始居於豳故名公稱之以教成王言公劉之在西戎也不康其居外則治其疆埸內則積其倉廩內外繕完則裹其餱糧

思以輯和其民而光其先祖於是用兵於四方以啟
敵之行陳而盭國於是始立篤厚也戚斧也揚鉞也

篤公劉于胥斯原既庶既繁既順迺宣而無永歎陟則
在巘復降在原何以舟之維玉及瑤鞞琫容刀

胥相也宣導也舟奉也公劉之相其田原也其民則
已繁庶矣公劉又能順其所欲而後導之以事故其
民勞而不怨公劉則與之陟巘而降原民滋愛之於
是相與進其玉瑤容刀之佩以帯之愛之至也

篤公劉逝彼百泉瞻彼溥原迺陟南岡乃覯于京京師之野于時處處于時廬旅于時言言于時語語

溥廣也京大陵也直言曰言論難曰語公劉之營京邑也審矣自下觀之則往百泉而望廣原自上觀之則陟南岡而覯京師審其可處矣則經畫以定之曰此可以居居民此可以廬賓旅此可以施教令此可以議政事葢自遷豳至此而始有朝廷邑居之正焉

篤公劉于京斯依蹌蹌濟濟俾筵俾几既登乃依乃造

其曹執豕于牢酌之用匏食之飲之君之宗之

公劉依京以營邑宮室既成其士蹌蹌其大夫濟濟皆會於朝公劉則命設几筵而饗之賓登席依几乃造其羣牧搏豕而烹之以為飲酒之殽殽用豕酌用匏新國殺禮也

篤公劉既溥既長既景迺岡相其陰陽觀其流泉其軍三單度其隰原徹田為糧度其夕陽豳居允荒

宮室既成則治其田原既廣且長矣於是考之以日

景參之以高岡以相其陰陽寒煖之宜水泉灌溉之利辨其土宜以授野人古者大國三軍以其餘卒為羡自周之遷而其民未集丁夫適滿三軍之數而無羡卒故曰其軍三單度其原隰之田以徹法頒之一夫百畝則三單之民適皆給足於是又度其山西之田以廣之而豳人之居於此益大什一而税曰徹山西曰夕陽允信也荒大也

篤公劉于豳斯館涉渭為亂取厲取鍛止基乃理爰衆

爰有夾其皇澗遡其過澗止旅迺密芮鞫之即

宫室既成田野既治則營其邑居其營邑也事有其備物有其處至於厲鍜之微皆有所取之亂絶流也厲鍜石之可以治斤斧者也基邑之所在也言其始爲之基也則已順其理矣故其成而居之則益衆而益有其居有夾澗者有遡澗者皇過二澗名也旅衆也其後所居之衆益密乃復即其澗之芮鞫而居之水之内曰芮其外曰鞫或曰芮水出其山西北東入

涇汭鞫汭水之外也此詩言公劉之在豳其業甚微其功甚勤所以深戒成王使不忘敬也

公劉六章章十句

泂酌召康公戒成王也

泂酌彼行潦挹彼注兹可以餴饎豈弟君子民之父母

泂逺也行潦流潦也餴餾也饎酒食也流潦水之薄者然茍挹而注之則可以餴饎言物無不可用也是以君子之於人未嘗有所棄猶父母之無棄子也或

曰雖行潦汙賤之水茍挹之於彼而注之於此則遂可以餴饎孟子曰雖有惡人齋戒沐浴而可以祀上帝此所以為戒成王也

洞酌彼行潦挹彼注茲可以濯罍豈弟君子民之攸歸

罍所以盛酒

洞酌彼行潦挹彼注茲可以濯溉豈弟君子民之攸塈

塈息也

洞酌三章章五句

卷阿召康公戒成王也

有卷者阿飄風自南豈弟君子來游來歌以矢其音

卷曲也風之為物無所不入未有能禦之者維曲阿卷然當道則風自其南而去無自入之矣小人之能得其君亦如風然雖欲多方以拒之然其入也有道維得樂易之君子而與之游彼見其容貌聞其聲音而自去矣子夏曰舜有天下選於衆舉皋陶不仁者遠矣湯有天下選於衆舉伊尹不仁者遠矣

伴奐爾游矣優游爾休矣豈弟君子俾爾彌爾性似先
公酋矣
伴奐縱弛之意也彌終也似肖也酋就也人君伴奐
優游無所事者維得樂易君子以終成其性則能肖
先君而就其業矣性之於人莫不固有之也然不得
賢者則不能自成
爾土宇昄章亦孔之厚矣豈弟君子俾爾彌爾性百神
爾主矣

昄大也章著也人君土宇大而且著其厚甚矣維得君子以成其性而後山川神祇咸主之也

爾受命長矣茀祿爾康矣豈弟君子俾爾彌爾性純嘏爾常矣

茀多也嘏福也人君受命既長百祿既康維得君子以成其性而後能常享此福也

有馮有翼有孝有德以引以翼豈弟君子四方為則

在前則有馮在側則有翼孝著於内德施於外以此

引翼其君而為四方則維豈弟君子為能當之耳

顒顒卬卬如珪如璋令聞令望豈弟君子四方為剛

顒顒卬卬高明也如珪如璋純潔也遠之則有令聞近之則有令望亦維豈弟君子為能當之

鳳凰于飛翽翽其羽亦集爰止藹藹王多吉士維君子使媚于天子

翽翽羽聲也藹藹衆多也鳳凰之飛而能集於其所止者衆羽之力也然而用羽者鳳也不得其用羽者

則亦安能至哉王之吉士亦衆矣然必有君子以使之而後能媚天子也

鳳凰于飛翽翽其羽亦傅于天藹藹王多吉人維君子命媚于庶人鳳凰鳴矣于彼高岡梧桐生矣于彼朝陽菶菶萋萋雝雝喈喈君子之車既庶且多君子之馬既閑且馳矢詩不多維以遂歌

山東曰朝陽鳳之性非梧桐不棲非竹實不食故鳳凰鳴于高岡將欲得而畜之則植梧桐於朝陽以待

之使梧桐之盛至於菶菶萋萋也則鳯凰鳴於其上雝雝喈喈矣維君子亦然其德有以絶於衆人而衆人待之則將不至故其所以載之者車必庶而多馬必閑而馳以此待之庶曰苟至焉成王之朝蓋有是人而王不知歟故名公為此詩其所陳者不多也維告以遂用之而已

卷阿十章六章章五句四章章六句

民勞召穆公刺厲王也

民亦勞止汔可小康惠此中國以綏四方無縱詭隨以謹無良式遏寇虐憯不畏明柔遠能邇以定我王

汔幾也中國京師也詭隨者不顧是非而妄從人也人未有無故而妄從人者維無良之人將悅其君而竊其權以為寇虐則為之故無縱詭隨則無良之人肅無良之人肅則寇虐無畏之人止然後柔遠能邇而王室定矣

民亦勞止汔可小休惠此中國以為民逑無縱詭隨以

謹惛怓式遏寇虐無俾民憂無棄爾勞以為王休

逑聚也惛怓亂也爾勞舊勞也

民亦勞止汔可小息惠此京師以綏四國無縱詭隨以

謹罔極式遏寇虐無俾作慝敬慎威儀以近有德民亦

勞止汔可小愒惠此中國俾民憂泄無縱詭隨以謹醜

厲式遏寇虐無俾正敗戎雖小子而式弘大

愒息也泄去也厲惡也戎女也王雖小子自遇然用

事於天下甚大不可不慎也

民亦勞止汔可小安惠此中國國無有殘無縱詭隨以謹繾綣式遏寇虐無俾正反王欲玉女是用大諫

繾綣小人之固結其君者也王欲玉女欲使王德純備如玉也

民勞五章章十句

板凡伯刺厲王也

凡伯周公之後為卿士

上帝板板下民卒癉出話不然為猶不遠靡聖管管不

實於亶猶之未遠是用大諫

板板反覆不定也癉病也管管無所不事也亶誠也天之禍福反覆不定厲王一失其德而民皆不安告之以話言則不信聽其自為謀則不遠自非聖人而欲無所不事不自實於其所誠能而止君子知其將敗而幸其謀之未遠故作此詩以大諫之

天之方難無然憲憲天之方蹶無然泄泄辭之輯矣民之洽矣辭之懌矣民之莫矣

難艱難也蹶震動也憲憲猶軒軒也泄泄猶沓沓也輯和也莫定也厲王暴虐恣行故告之曰天今方為艱難以震動周室無為是軒軒而不顧沓沓而不已是不能以服民祗以速亂而已民之不順非有異志也畏王之無厭而求以自免耳苟無欲害之之心而出好言焉民今洽而定矣

我雖異事及爾同寮我即爾謀聽我囂囂我言維服勿以為笑先民有言詢于芻蕘

君子欲諫王則又以告其寮之信於王者庶幾王信之而其言易入囂囂行不顧也服服行也

天之方虐無然謔謔老夫灌灌小子蹻蹻匪我言耄爾用憂謔多將熇熇不可救藥

謔謔戲侮也灌灌款誠也蹻蹻驕貌也熇熇熾盛也言天方將為虐以敗王安得以為戲而不信哉老者知其不可而盡其款誠以告之少者不信而驕之故曰非我老耄而妄言乃女以憂為戲耳夫憂未至而

救之猶可為也苟俟其益多則如火之盛不可復救
矣
天之方懠無為夸毗威儀卒迷善人載尸
懠怒也夸大也毗附也小人之於人不以大言夸之
則以諛言毗之或夸或毗而威儀迷亂則雖善人將
相從尸其禍矣
民之方殿屎則莫我敢葵喪亂蔑資曾莫惠我師
殿屎亦作唸吚呻吟也葵揆也民方愁苦呻吟莫測

其所欲方世之喪亂困竭又曾無以惠之者變之興
也何日之有

天之牖民如壎如篪如璋如圭如取如攜攜無曰益牖
民孔易民之多辟無自立辟

聖人之導民如暗者之願明而為之牖焉導其天也
是以託之於天壎篪以言其和也圭璋以言其合也
攜取以言其易也然其導之也攜之而已不求多於
民是以其導之也甚易今厲王求之已甚民尚安肯

從王哉方世之治也天下咸聽其上而有一不從故刑足以勝之今天下皆不順雖有刑辟尚何從立之哉故以次章教之使懷來其羣臣

价人維藩大師維垣大邦維屏大宗維翰懷德維寧宗子維城無俾城壞無獨斯畏

价大也大人衆所服也大師大衆也大邦大諸侯也大宗强族也宗子同姓也此五者皆王之屏蔽以德懷之則合否則離散無以自安矣人皆曰無俾城壞

城之壞也則知畏之五者之蔽有甚於城而莫知畏其壞也所謂小人務知小者近者而已

敬天之怒無敢戲豫敬天之渝無敢馳驅昊天曰明及爾出王昊天曰旦及爾游衍

王往也旦明也天之明也人未有行而不從者柰何不畏也

板八章章八句

詩集傳卷十六

欽定四庫全書

詩集傳卷十七

宋 蘇轍 撰

蕩之什 大雅

蕩召穆公傷周室大壞也

蕩之所以為蕩由詩有蕩蕩上帝也毛詩之序以為天下蕩蕩無綱紀文章則其所以名篇非其詩之意矣

蕩蕩上帝下民之辟疾威上帝其命多辟天生烝民其命匪諶靡不有初鮮克有終

蕩蕩廣大貌也天之廣大下民之所君也今民被厲王之禍咸謂天迅烈無恩而多淫辟之命何者天之生民其命不可復信莫不有初而無終者言生之於治而終之於亂也

文王曰咨咨女殷商曾是彊禦曾是掊克曾是在位曾是在服天降滔德女興是力

召公知厲王之將亡故為此詩稱文王所以咨嗟商
紂盩傷周室將有此禍也彊禦彊梁捍禦不可告教
之人也掊克掊斂克深少恩之人也朝廷之在位服
事者皆是人也滔漫也力任也天降是人以妖孽天
下女又興而任之何哉
文王曰咨咨女殷商而秉義類彊禦多懟流言以對寇
攘式內侯作侯祝靡屆靡究
而亦女也義善也懟怨也流言浮浪不根之言也女

執事之臣宜用善人反任此彊禦衆對為懟者使用流言謗毀賢者又以對寇盜攘竊為姦宄者而使用事於内侯維也作祝詛也届極究窮也王與羣臣爭而相疑且祝詛求其凶咎無極也

文王曰咨咨女殷商女炰烋于中國斂怨以為德不明爾德時無背無側爾德不明以無陪無卿

炰烋自矜氣健之貌背後也側旁也陪貳也前後左右公卿之臣皆不稱其官如無人也

文王曰咨咨女殷商天不湎爾以酒不義從式既愆爾止靡明靡晦式號式呼俾晝作夜

湎飲酒變色也式用也天不同女顏色以酒有沈湎於酒者是乃過也不宜從而用之愆過也既沈湎矣又不為明晦無有止息使晝作夜也

文王曰咨咨女殷商如蜩如螗如沸如羹小大近喪人尚乎由行內奰于中國覃及鬼方

蜩蟬也螗蝘也奰怒也飲酒號呼之聲如蜩螗沸羹

之亂君臣以是危於喪亡而人猶從之亂止於京師

而鬼方皆被其禍言惡之遠也

文王曰咨咨女殷商匪上帝不時殷不用舊雖無老成

人尚有典刑曾是莫聽大命以傾文王曰咨咨女殷商

人亦有言顛沛之揭枝葉未有害本實先撥殷鑒不遠

在夏后之世

顛仆也沛拔也揭發也大木之拔非枝葉之患所能

為也其本實先自撥矣譬如商周之衰典刑未廢諸

侯未畔四夷未起而其君不義以自絶於天下莫可
救也言商之鑒在夏則周之鑒在商明矣

蕩八章章八句

抑衛武公刺厲王亦以自警也

宣王十六年衛武公即位年九十有五而作此詩

蓋追刺厲王以自警也

抑抑威儀維德之隅人亦有言靡哲不愚庶人之愚亦

職維疾哲人之愚亦維斯戾

抑抑密也隅廉也戾罪也天下有道則賢者可外占
而知内譬如宫室内有繩直則外有廉隅至於亂世
賢者不容則毁其威儀佯愚以辟禍故曰庶人之愚
亦其職耳譬如疾病雖欲免而不得哲人之愚非其
質然也畏罪故耳
無競維人四方其訓之有覺德行四國順之訏謨定命
遠猶辰告敬慎威儀維民之則
競彊也訓馴也覺直也訏大也辰時也為國者得人

則彊失人則弱循道者民之所順而背理者民之所叛也故人君必先任賢臣内秉直德以服天下然後先事而大謀以定政命遠圖而時告之政事既修又能敬其威儀以為民則則所以為國者略備矣

其在于今興迷亂于政顛覆厥德荒湛于酒女雖湛樂從弗念厥紹罔敷求先王克共明刑

今厲王作起迷亂之人而任之以政又顛覆其德荒湛于酒不念先王之典刑而尚何以為國哉

肆皇天弗尚如彼泉流無淪胥以亡夙興夜寐洒埽庭
内維民之章修爾車馬弓矢戎兵用戒戎作用逷蠻方
天不屑厲王之行君子憂之恐其如泉之流相陷以
就亡竭故教之使修其政事以自救戒備也戎兵也
作起也逷遠也
質爾人民謹爾侯度用戒不虞慎爾出話敬爾威儀無
不柔嘉白圭之玷尚可磨也斯言之玷不可為也
質成也侯度天子所以御諸侯之度也天子苟内失

其人民而外慢其諸侯則將有不虞之禍起夫怨不在大言語之不慎威儀之不敬與人失和而禍之所從起也

無易由言無曰苟矣莫捫朕舌言不可逝矣無言不讎無德不報惠于朋友庶民小子子孫繩繩萬民靡不承

捫持也逝發也君子告王使無輕從人之言無曰苟如是而已雖無有持吾舌者然而言不可以妄發何者言行之出未有不反報之者也苟能惠其朋友以

至於庶民則民思戴其子孫繩繩而不絕矣

視爾友君子輯柔爾顏不遐有愆相在爾室尚不愧于屋漏無曰不顯莫予云覯神之格思不可度思矧可射思

吾視王所與友者皆求所以和柔王顏而已莫敢正言犯王者左右無正人焉吾以是知其有咎不遠矣苟以為不信曷不視其在爾室者尚且不愧于屋漏況其遠者乎人之愧于屋漏也曰莫予見者耳神之

至也尚不可得而知之矧可得而厭之哉言人雖莫見而神鑒之也西北隅曰屋漏格至也

辟爾爲德俾臧俾嘉淑慎爾止不愆于儀不僭不賊鮮不爲則投我以桃報之以李彼童而角實虹小子

辟法也虹潰也人君苟修其德而慎其容止無僭偽殘賊之行則民鮮不可以爲法矣譬如投之以桃而報之以李不可誣也今王無其實而欲求民之法之則亦譬如童羊而求有角之用人誰信汝哉徒自潰

而已

荏染柔木言緡之絲溫溫恭人維德之基其維哲人告之話言順德之行其維愚人覆謂我僭民各有心

緡被也木柔矣而被之以絲則可以為弓不柔者雖被之不從也故為溫恭之人然後可以入德告之以話言則順之彼愚者反謂我欺之耳人心之不同如此此君子所以憂憤而無如之何也

於乎小子未知臧否匪手攜之言示之事匪面命之言

提其耳借曰未知亦既抱子民之靡盈誰夙知而莫成
王不知善惡而告之者亦至矣苟以為尚少而未知
歟則亦既抱子非少矣靡盈不足也人之才性有所
未足獨患不知苟其蚤知則蚤成之豈有蚤知而晚
成之者言王之不能有成由不知也
昊天孔昭我生靡樂視爾夢夢我心慘慘誨爾諄諄聽
我藐藐匪用為教覆用為虐借曰未知亦聿既耄
夢夢昏亂也諄諄款誠也藐藐不入也君子之諫王

王非以為教之也以為虐之耳

於乎小子告爾舊止聽用我謀庶無大悔天方艱難曰喪厥國取譬不遠昊天不忒回遹其德俾民大棘

舊久也止辭也天方艱難周室曰吾將喪其國譬如夏商其類不遠天豈復有差忒不然者哉然王曾不悟益為邪僻之行使民至於困急而無告也

抑十二章三章章八句九章章十句

桑柔芮伯刺厲王也

芮伯為卿士字良夫

菀彼桑柔其下侯旬捋采其劉瘼此下民不殄心憂倉兄填兮倬彼昊天寧不我矜

菀茂也旬徧也劉殘也殄絶也倉悲也兄滋也填久也桑之為物其葉最盛然及其采之也一朝而盡無黄落之漸故詩人取以為比言周之盛也如柔桑之茂其陰無所不徧至於厲王肆行暴虐以敗其成業則王室忽焉凋弊如桑之既采民失其蔭而受其病

故君子憂之不絶於心悲之益久而不已號天而訴之也

四牡騤騤旟旐有翩亂生不夷靡國不泯民靡有黎具禍以燼於乎有哀國步斯頻

厲王之亂天下征役不息故其民見其車馬旌旗而厭苦之夷平也泯滅也黎衆也具俱也燼灰燼也國步國之動也頻數也畜大物者惡數動之故以國步斯頻為哀也

國步蔑資天不我將靡所止疑云徂何往君子實維秉心無競誰生厲階至今為梗

將養也疑定也競彊也動而無所資天不吾養矣而王尚不求所止定欲行而安往哉故曰王則實然其秉心無彊是以不能有所定者夫惟彊而能立然後可與止亂而起廢

憂心慇慇念我土宇我生不辰逢天僤怒自西徂東靡所定處多我覯痻孔棘我圉

此章行役者之怨也僤厚也瘏病也多矣我之遇病也急矣我之捍禦也

爲謀爲毖亂況斯削告爾憂恤誨爾序爵誰能執熱逝不以濯其何能淑載胥及溺

毖慎也王豈不爲謀且慎哉然而不得其道適所以長亂而自削耳故告之以其所當憂誨之以敘爵曰誰能執熱而不濯者賢者之能已亂猶濯之能解熱耳今王之所任者其何能善哉則相與入於陷溺而

已

如彼遡風亦孔之僾民有肅心荓云不逮好是稼穡力民代食稼穡維寶代食維好

遡鄉也僾唈也肅進也荓使也君子視厲王之亂悶然如遡風之人唈而不息雖有欲進之心皆曰世亂矣非吾所能及也於是退而稼穡盡其筋力與民同事以代祿食而已當是時也仕進之憂甚於稼穡之勞故曰稼穡維寶代食維好言雖勞而無患也

天降喪亂滅我立王降此蟊賊稼穡卒痒哀恫中國具贅卒荒靡有旅力以念穹蒼

立王王之所恃以立者也痒病也恫痛也贅屬也荒空也言天下無有不罹其禍而至於空匱者也旅衆也言羣臣無肯併力以念天禍者也

維此惠君民人所瞻秉心宣猶考慎其相維彼不順自獨俾臧自有肺腸俾民卒狂

惠順也民人所瞻言無所隱伏也既持其心又博謀

於衆而考之於其輔相此所以無不順也今則不然自獨俾臧自謂賢也自有肺腸自用其心也此民之所以不順也

瞻彼中林甡甡其鹿朋友以譖不胥以穀人亦有言進退維谷

甡甡衆也朋友相譖不能相善曾鹿之不如是以進退無不陷焉者

維此聖人瞻言百里維彼愚人覆狂以喜匪言不能胡

斯畏忌

聖人明於成敗所視而言者百里無遠而不察愚人不知禍之將至則反狂以喜雖然彼未必不知也乃以畏王而不敢言耳

維此良人弗求弗迪維彼忍心是顧是復民之貪亂寧為荼毒

迪進也厲王之於賢者未嘗求而進之至於殘忍之人則顧念重復而不能已上之所好下之所趨也故

民貪於昏亂安為荼毒之行以求合王意

大風有隧有空大谷維此良人作為式穀維彼不順征以中垢

隧道也大風之起必有所從來者有空大谷則風之所從起也厲王之不善民之所從惡也征行也垢穢也言善人之作也以用其善小人之行也以播其穢皆發其中之所有於外也

大風有隧貪人敗類聽言則對誦言如醉匪用其良覆

俾我悖

風之起也有道類之敗也有自貪人在上則類之所由敗也聽言道聽之言也誦言先王之言也悖逆也由不能用善反使天下皆為逆德也

嗟爾朋友予豈不知而作如彼飛蟲時亦弋獲既之陰女反予來赫

君子既責其友則又責其僚友曰我豈不知爾所為哉爾自謂莫吾禁者譬如飛鳥孰能執之然時亦有

弋而獲之者憂其獲也覆庇而告之奈何反以言赫
我哉
民之罔極職涼善背為民不利如云不克民之回適職
競用力
民之不可測知職汝信用反覆之人也上之害民如
恐不勝故民日以邪僻由上用力而競之也
民之未戾職盜為寇涼曰不可覆背善詈雖曰匪予既
作爾歌

戾定也民之未定職上有盜賊之臣爲之寇也女苟信以爲是不可則又曷爲反背詈我哉爾雖曰是非我所爲既作爾歌矣何可欺也

桑柔十六章八章章八句八章章六句

雲漢仍叔美宣王也

仍叔周大夫也

倬彼雲漢昭回于天王曰於乎何辜今之人天降喪亂饑饉薦臻靡神不舉靡愛斯牲圭璧既卒寧莫我聽

雲漢水之精也昭明也回轉也宣王遭旱而懼夜仰河漢以觀雨之候而不得曰今之人何罪而罹此禍靡神不舉而莫吾聽也禮國有凶荒則索鬼神而祭之

旱既大甚蘊隆蟲蟲不殄禋祀自郊徂宮上下奠瘞靡神不宗后稷不克上帝不臨耗斁下土寧丁我躬

蘊結也隆盛也蟲蟲熱也殄絕也郊天地也宮宗廟也上祭天下祭地奠其禮瘞其物宣王憂旱百神無

所不舉然后稷不能救上帝不復饗窮而無告故曰與其耗敗下土寧使我躬當之無使人人被其患也

旱既大甚則不可推兢兢業業如霆如雷周餘黎民靡有孑遺昊天上帝則不我遺胡不相畏先祖于摧

推遷也言王欲以身當之而不能也兢兢恐也業業危也恐懼之甚如雷霆震於其上也天將不復使我有遺餘胡為尚不相畏哉先祖之業將於是摧落矣

旱既大甚則不可沮赫赫炎炎云我無所大命近止靡

瞻靡顧羣公先正則不我助父母先祖胡寧忍予

沮止也旱既不止民咸曰我無所庇死不遠矣然曾莫有瞻顧之者羣公先正先王之臣也庶官之長曰正

旱既大甚滌滌山川旱魃爲虐如惔如焚我心憚暑憂心如熏羣公先正則不我聞昊天上帝寧俾我遯

旱甚則山川草木皆盡如滌去也魃旱神也憚畏也宣王所以祈旱者至矣而莫之答故曰苟吾之不善

不當天心則寧使我遯去以避賢者無以我故苦此
庶民也

旱既大甚黽勉畏去胡寧瘨我以旱憯不知其故祈年孔夙方社不莫昊天上帝則不我虞敬恭明神宜無悔怒

始以旱故欲遯去以避賢者既又以為棄位以避憂患非人主之義故黽勉不去以求濟斯難畏不敢也
瘨病也方社祭社及四方也虞度也悔恨也

旱既大甚散無友紀鞫哉庶正疚哉冢宰趣馬師氏膳夫左右靡人不周無不能止瞻卬昊天云如何里

旱既甚國用空竭無以紀綱羣臣朋友故歷告之曰鞫矣疚矣然而尚相戒以無所不周無以不能而止宣王遭旱始欲以身當之而不得中欲以身逃之而不敢故於其終仰而訴之於天曰將使我如何居哉里居也

瞻卬昊天有嘒其星大夫君子昭假無贏大命近止無

棄爾成何求為我以戾庶正瞻仰昊天曷惠其寧

昭明也假至也宣王卬以俟雨而見星焉故告其羣臣曰明矣至矣爾之無私羸矣然民之死亡不遠無有不周以棄爾之成功且我亦何求為哉將以定爾庶正而已未有民不寧而庶官定者也於是又卬而愬天曰曷不惠而寧之哉

雲漢八章章十句

崧高尹吉甫美宣王也

尹吉甫周之卿士

崧高維嶽駿極于天維嶽降神生甫及申維申及甫維周之翰四國于蕃四方于宣

山大而高曰崧駿大也唐虞之間姜氏實為四嶽掌嶽之祀嶽神享之而祐其子孫於周齊許申甫皆其後也在穆王之世其賢者曰甫侯宣王之世曰申伯實能屏翰周室蔽其患難而宣其德澤於天下

亹亹申伯王纘之事于邑于謝南國是式王命召伯定

申伯之宅登是南邦世執其功
纘繼也謝周之南土也南陽有申城申伯國也召伯
召公虎也登成也
王命申伯是式南邦因是謝人以作爾庸王命召伯徹
申伯土田王命傅御遷其私人
庸城也徹定其稅也傅御傅王治事之臣也私人家
臣也
申伯之功召伯是營有俶其城寢廟既成既成藐藐王

錫申伯四牡蹻蹻鉤膺濯濯

傚作也藐藐深貌也蹻蹻壯貌也濯濯光明貌也

王遣申伯路車乘馬我圖爾居莫如南土錫爾介圭以

作爾寶往近王舅南土是保

圭尺二寸謂之介非諸侯之圭故賜以為寶近辭也

讀如彼巳之子之巳

申伯信邁王餞于郿申伯還南謝于誠歸王命召伯徹

申伯土疆以峙其粻式遄其行

王在岐周故餞之於郿謝于誠歸誠歸于謝也召伯之營謝也則已峙其餱糧使廬市有止宿之委積故能使申伯無留行也

申伯番番既入于謝徒御嘽嘽周邦咸喜戎有良翰不顯申伯王之元舅文武是憲

番番勇武貌也申伯既入于謝周人皆曰汝有良翰蔽矣文武是憲言其文武皆足法也

申伯之德柔惠且直揉此萬邦聞于四國吉甫作誦其

詩孔碩其風肆好以贈申伯

揉順也肆極也

崧高八章章八句

烝民尹吉甫美宣王也

天生烝民有物有則民之秉彝好是懿德天監有周昭假于下保茲天子生仲山甫

人生而耳目心志莫不固有此所謂有物也人莫不有是物是物莫不有知故耳則能聽目則能視心則

能慮物用其能則知可否此所謂有則也故民能秉常則莫不好德維其失常乃有不善天之監周也其明實至於下將保安宣王乃生仲山甫以佐之凡宣王之所以能全其性而無失其常者皆仲山甫之功也詩曰豈弟君子俾爾彌爾性

仲山甫之德柔嘉維則令儀令色小心翼翼古訓是式威儀是力天子是若明命使賦

力勉也若順也賦布也

王命仲山甫式是百辟纘戎祖考王躬是保出納王命

王之喉舌賦政于外四方爰發

戎女也發發而應之也

肅肅王命仲山甫將之邦國若否仲山甫明之既明且

哲以保其身夙夜匪解以事一人人亦有言柔則茹之

剛則吐之維仲山甫柔亦不茹剛亦不吐不侮鰥寡不

畏彊禦人亦有言德輶如毛民鮮克舉之我儀圖之維

仲山甫舉之愛莫助之衮職有闕維仲山甫補之

輶輕也儀匹也愛惜也衮職王職也上有過失下莫敢言而獨補之此以見其能舉德也

仲山甫出祖四牡業業征夫捷捷每懷靡及四牡彭彭八鸞鏘鏘王命仲山甫城彼東方

王命仲山甫城齊祖祭而行其馬業業而健其徒捷捷而敏猶常恐不及事也東方則齊也

四牡騤騤八鸞喈喈仲山甫徂齊式遄其歸吉甫作誦穆如清風仲山甫永懷以慰其心

此詩言仲山甫其始曰仲山甫之德柔嘉維則令儀令色小心翼翼古訓是式威儀是力此與漢胡廣趙戒何異其終曰人亦有言柔則茹之剛則吐之維仲山甫柔亦不茹剛亦不吐不侮鰥寡不畏彊禦此與漢汲黯朱雲何異胡趙柔而陷於佞汲朱剛而近於狂如仲山甫內剛外柔非佞非狂然後可以為王者之佐當天下之事矣嗚乎非斯人其誰與歸

烝民八章章八句

韓奕尹吉甫美宣王也

奕奕梁山維禹甸之有倬其道韓侯受命王親命之纘戎祖考無廢朕命夙夜匪解虔共爾位朕命不易榦不庭方以佐戎辟

奕奕大也梁山韓之鎮也禹貢所謂治梁及岐者在今同之韓城甸治也禹之治水也九州之鎮山無所不甸雖梁山亦禹之所甸也韓武之穆也將言韓侯故先敘其國曰梁山之下有倬然之道此韓侯之所

從朝周以受命者也戎女也不庭不來庭也辟君也
四牡奕奕孔修且張韓侯入覲以其介圭入覲于王王
錫韓侯淑旂綏章簟茀錯衡玄袞赤舄鉤膺鏤錫鞹鞃
淺幭鞗革金厄
修長也張大也介圭韓所貢也諸侯秋見天子曰覲
淑善也交龍為旂綏大綏也眉上曰錫刻金飾之曰
鏤錫鞹革也鞃式中也淺皮也幭覆式也鞗革轡首
也以金為小鐶而纏搤之

韓侯出祖出宿于屠顯父餞之清酒百壺其殽維何炰鼈鮮魚其蔌維何維筍及蒲其贈維何乗馬路車籩豆有且侯氏燕胥

既覲而反國必祖者尊其所往去則如始行焉屠地名也顯父周之卿士也王寵韓侯故使顯父餞之蔌菜殽也筍竹萌也蒲蒲蒻也且多貌也侯氏諸侯之與餞者也胥辭也

韓侯取妻汾王之甥蹶父之子韓侯迎止于蹶之里百

兩彭彭八鸞鏘鏘不顯其光諸娣從之祁祁如雲韓侯顧之爛其盈門

汾王厲王也厲王流于彘晉霍邑是也在汾水之上詩人以目王焉猶言莒郊公黎比公也蹶父周之卿士姞姓也諸侯一娶九女二國媵之諸娣諸媵也

蹶父孔武靡國不到為韓姞相攸莫如韓樂孔樂韓土川澤訏訏魴鱮甫甫麀鹿噳噳有熊有羆有貓有虎慶既令居韓姞燕譽

蹶父以王事行於四方為其子相善處而嫁之莫如韓之樂者訏訏甫甫大也噳噳衆也貓似虎而淺毛慶善也蹶父以此善韓而使韓姞居焉譽樂也

溥彼韓城燕師所完以先祖受命因時百蠻王錫韓侯其追其貊奄受北國因以其伯實墉實壑實畝實籍獻其貔皮赤豹黃羆

溥大也燕樂也王以韓侯之先因是百蠻而長之故錫之以追人貊人受之以北方之國使復為之伯焉

韓侯於是命諸侯各修其城池治其田畝正其稅法以時貢其所有於王墉城也壑池也籍稅也

韓奕六章章十二句

江漢尹吉甫美宣王也

江漢浮浮武夫滔滔匪安匪遊淮夷來求既出我車既設我旟匪安匪舒淮夷來鋪

浮浮水盛貌也滔滔順流貌也淮夷夷之在淮上者也鋪病也宣王自周而南出於江漢之間命召公率

兵循江而下以伐淮夷行者皆莫敢安徐曰吾之來也維淮夷是求是病言用命也

江漢湯湯武夫洸洸經營四方告成于王四方既平王國庶定時靡有爭王心載寧

洸洸武貌也淮夷既平遂經營其旁國以告于王

江漢之滸王命召虎式辟四方徹我疆土匪疚匪棘王國來極于疆于理至于南海

極中也王命召公闢四方之侵地而治其疆界非以

病之非以急之也使來於王國取中焉耳召公於是疆理其地至南海而止

王命召虎來旬來宣文武受命召公維翰無曰予小子召公是似肇敏戎公用錫爾祉

旬徧也宣布也肇開也敏疾也公事也南方既平王命召公來歸於周以徧治四方而布行其政曰昔文武受命維召康公實為之翰女實肖召公之德開敏於戎事我是用錫汝以福

䰣爾圭瓚秬鬯一卣告于文人錫山土田于周受命自
召祖命虎拜稽首天子萬年
䰣賜也秬鬯黑黍酒也卣尊也九命則賜圭瓚秬鬯
以祭文人其先祖之有文德者也既錫之禮命又廣
其封邑使受命於岐周用其祖召康公受封之禮焉
岐周有先王之廟且召康公所從受封也
虎拜稽首對揚王休作召公考天子萬壽明明天子令
聞不已矢其文德洽此四國

對荅也考成也矢施也王命召公用召祖命故虎之荅王亦為召康公所以對成王命受之辭自天子萬壽以下召康公之遺意也

江漢六章章八句

常武召穆公美宣王也

武不可常也宣王之征徐方王猶允塞而徐方既來兵不勞而民不病則可常也然六月歌尹吉甫采芑歌方叔而在小雅崧高歌申伯烝民歌仲山

甫韓奕歌韓侯江漢歌召虎常武歌皇父而在大雅緊言之則七詩若無以異精言之則在小雅者皆征伐政事而已在大雅者皆君臣同德有不知其所以然而致者此其所以異也

赫赫明明王命卿士南仲大祖大師皇父整我六師以修我戎既敬既戒惠此南國

宣王命其卿士皇父南征徐方皇父以卿士而兼大師其大祖南仲則文王之所使伐玁狁者也蓋稱其

世功以襃大之

王謂尹氏命程伯休父左右陳行戒我師旅率彼淮浦省此徐土不留不處三事就緒

尹氏尹吉甫也蓋以卿士兼内史故使之策命程伯休父程伯休父於是始爲司馬故於兵之出也使之左右陳其行列而戒令之曰往循淮之上而視徐土無久留處其地以患苦其民使其三有事之臣復就其業

赫赫業業有嚴天子王舒保作匪紹匪遊徐方繹騷震驚徐方如雷如霆徐方震驚

舒徐也保安也作行也紹急也繹偏也騷動也王之南征也人望其赫赫業業之威而畏之曰有嚴哉天子也然王則徐而安行不急不緩而徐方之人莫不震動如雷霆作於其上不遑安矣

王奮厥武如震如怒進厥虎臣闞如虓虎鋪敦淮濆仍執醜虜截彼淮浦王師之所

師行至於淮上則遂布其師旅敦集其陳以待之既戰則多執醜虜王師之所在截然無侵略者

王旅嘽嘽如飛如翰如江如漢如山之苞如川之流緜緜翼翼不測不克濯征徐國

苞本也緜緜靚也翼翼敬也不測不可測知也不克不可克勝也濯大也淮上諸侯既已服從於是始征徐國

王猶允塞徐方既來徐方既同天子之功四方既平徐

方來庭徐方不回王曰還歸

猶道也王將大征徐國兵未及之徒以王道允塞而徐人來服矣來庭來王庭也回違也

常武六章章八句

瞻卬凡伯刺幽王大壞也

瞻卬昊天則不我惠孔填不寧降此大厲邦靡有定士民其瘵蟊賊蟊疾靡有夷届罪罟不收靡有夷瘳

填久也瘵病也夷平也届極也瘳愈也國有所定則

民受其福無所定則受其病於是有小人為之蟊賊刑罰為之罔罟凡此皆民之所以病也

人有土田女反有之人有人民女覆奪之此宜無罪女反收之彼宜有罪女覆説之哲夫成城哲婦傾城懿厥哲婦為梟為鴟婦有長舌維厲之階亂匪降自天生自婦人匪教匪誨時維婦寺

鞫人忮忒譖始竟背豈曰不極伊胡為慝如賈三倍君子是識婦無公事休其蠶織

天何以剌何何神不富舍爾介狄維予胥忌不弔不祥威儀不類人之云亡邦國殄瘁天之降罔維其優矣人之云亡心之憂矣天之降罔維其幾矣人之云亡心之悲矣

幾近也

觱沸檻泉維其深矣心之憂矣寧自今矣不自我先不自我後藐藐昊天無不克鞏無忝皇祖式榖爾後

泉之冽也其源深矣幽王之敗其所從來者亦久矣

非今日而然也故君子懼而相戒曰天之藐然遠而難信也無有不自戒敕以求鞏固者庶幾上不忝文祖下不危子孫爾

瞻卬七章三章章十句四章章八句

召旻凡伯刺幽王大壞也

因其首章稱旻天卒章稱召公故謂之召旻以別小旻而已毛氏之序曰旻閔也閔天下無如召公之臣蓋亦衍說矣

旻天疾威天篤降喪瘨我饑饉民卒流亡我居圉卒荒

篤厚也瘨病也卒盡也居國中也圉邊陲也

天降罪罟蟊賊内訌昏椓靡共潰潰回遹實靖夷我邦

訌潰也昏椓刑餘奄人也潰潰亂也靖安也天降罔以執有罪使小人為蟊賊以潰其内故昏椓羣小不恭之人為邪僻之行安然而夷滅其國

臯臯訿訿曾不知其玷兢兢業業孔填不寧我位孔貶

臯臯多告訴也訿訿多讒謗也小人臯臯訿訿曾無

有知其瑕疵者君子居於其間兢兢業業日夜危懼久而不安猶不能保其位

如彼歲旱草不潰茂如彼棲苴我相此邦無不潰止

潰遂也苴枯草也人之生於此時者憂患多故其生不樂如旱歲之草不得遂茂如木上之棲苴君子以是相其國知其潰亂不久也

維昔之富不如時維今之疚不如兹彼疏斯稗胡不自替職兄斯引

言先王之世天下富樂其人固不若是窮矣至於今世人民疲病亦未有若此之甚者蓋指言幽王大壞之時也疏麤也稗精也兄益也引長也君子與小人精粗之不同可指而知也小人曷不自替以避君子而乃自任以長此亂也

池之竭矣不云自頻泉之竭矣不云自中溥斯害矣職兄斯宏不烖我躬

頻厓也溥徧也弘大也池水之鍾也泉水之發也故

池之竭由外之不入泉之竭由内之不出今外則諸
侯不親内則國人不附其害徧至矣然小人猶自任
以益大此亂維曰不烖我躬則無所不爲曾不顧其
害民

昔先王受命有如召公日辟國百里今也日蹙國百里
於乎哀哉維今之人不尚有舊

世雖亂豈不猶有舊德可用之人哉言有之而不用
耳文王之世周公治内召公治外故周人之詩謂之

周南諸侯之詩謂之召南所謂日闢國百里云者言文王之化自北而南至於江漢之間服從之國日益衆耳蓋虞芮質成於周其旁諸侯聞之相帥而歸周者四十餘國然則日闢百里之言不為過矣楚椒舉有言夏桀為仍之會有緡叛之商紂為黎之蒐東夷叛之周幽為太室之盟戎狄叛之皆示諸侯汰也其後齊桓盟諸侯于葵丘震而矜之叛者九國由此觀之闢國以禮蹙國不以禮皆非用兵之謂也近世小

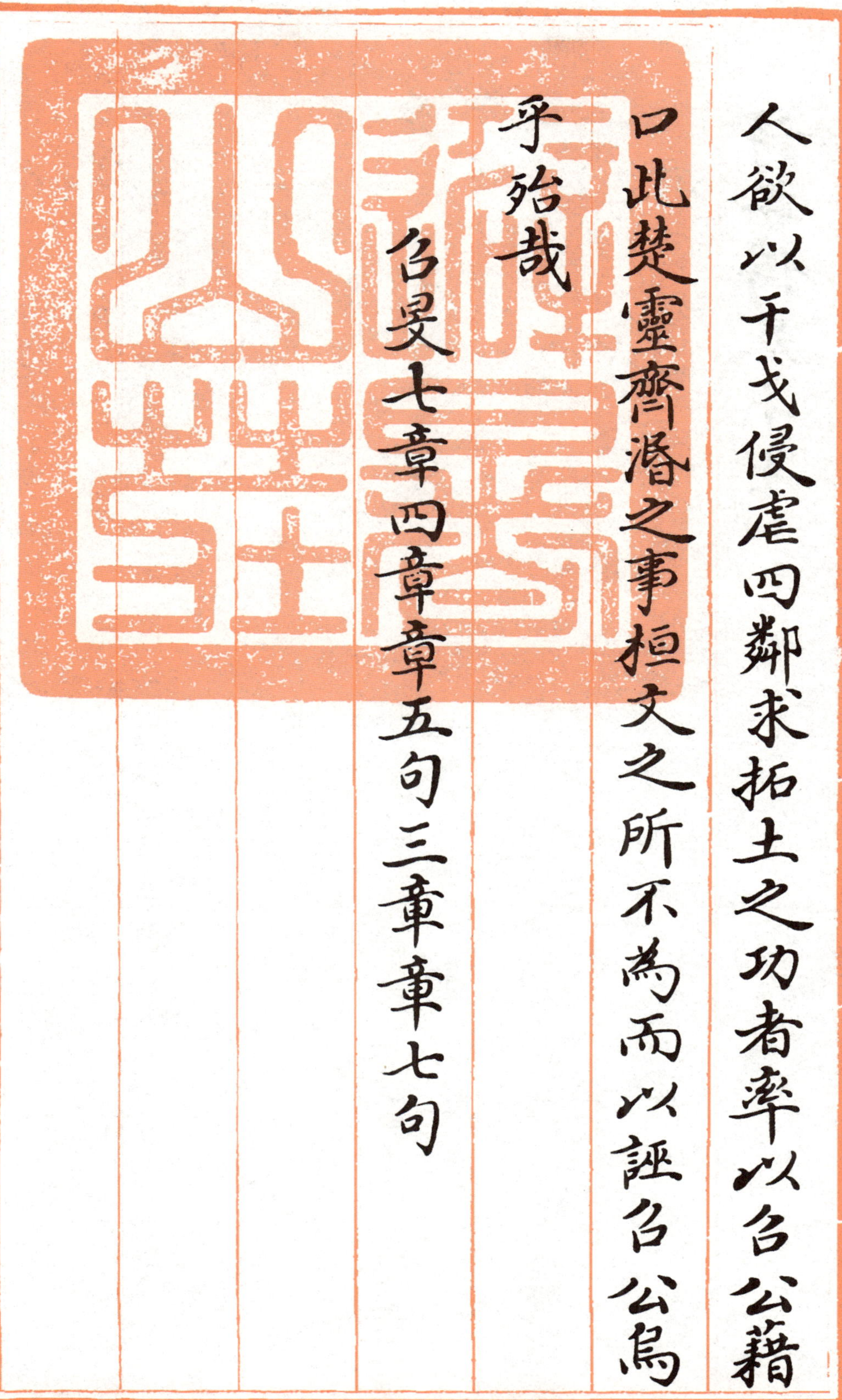

人欲以干戈侵虐四鄰求拓土之功者率以呂公藉口此楚靈齊湣之事桓文之所不為而以誣呂公烏乎殆哉

呂旻七章四章章五句三章章七句

詩集傳卷十七

欽定四庫全書

詩集傳卷十八

宋 蘇轍 撰

周頌

周頌皆有所施於禮樂葢因禮而作頌非如風雅之詩有徒作而不用者也文武之世天下未平禮樂未備則頌有所未暇至周公成王天下既平制禮作樂而為詩以歌之於是頌聲始作然其篇第之先後則

不可究矣考之以其時則不倫求之以其事則不類意者亦以其聲相從乎清廟之什禮之大者也臣工之什禮之次者也閔予小子之什禮之小者也然時有參差不齊者意者亦以其聲之相從也然不可得而推矣

清廟之什　周頌

清廟祀文王也

於穆清廟肅雝顯相濟濟多士秉文之德對越在天駿

奔走在廟不顯不承無射於人斯

於乎美哉其祀文王於清廟也有肅肅其敬雝雝其和者實來顯相其禮文王没矣其神在天其主在廟然士之來助祭者猶不忘秉持其德以對其在天而奔走其在廟者言文王之澤久而不忘豈其不顯不承哉信矣其無厭於人也肅然清淨曰清廟對配也越辭也駿長也

清廟一章八句

維天之命太平告文王也

維天之命於穆不已於乎不顯文王之德之純假以溢我我其收之駿惠我文王曾孫篤之

文王受命未終而沒周公成王繼之天下太平以為文王之德之致也故以告之曰天命之於周久而不已文王亦既沒矣而其德美不亡以大盈溢我後人我後人收之以成太平天命之不已也如此今將以長順文王之心惟爾子孫世益厚之

維天之命一章八句

維清奏象舞也

象文王之樂所謂象箾者葢文舞也文王之舞謂之象武王之舞謂之武將舞象則先歌維清故其序曰奏象舞而其辭稱文王將舞武則先歌武故其序曰奏大武而其辭稱武王記曰十三舞勺舞大武也十五舞象象箾也武而謂之勺者勺之序曰告成大武葢因此詩而名之也

維清緝熙文王之典肇禋迄用有成維周之禎

緝和也熙光也周公之治周也事為之制曲為之防是以其國無不修之政政無不修清也清則其為之也暇而事之也至是以無不和洽而光明者君子推其所由致之曰由文王之法文王之造周也實始肇祭天地先為之極焉迄於周公遂以有成其成雖當周公之世然其禎祥見於文王矣

維清一章五句

烈文成王即政諸侯助祭也

古之儒者皆言武王崩成王幼不能踐祚周公攝夫天子位以為政七年而後反余考於詩書無之古者君薨世子即位諒闇而聽於冢宰三年葢免喪而復成王之終喪也以幼不能聽政聽於周公七年而復故書稱武王崩三監及淮夷叛周公相成王以黜商有大政令未嘗不稱王命也然則成王既已即位矣成王既已即位而周公攝則是二

王者也葢武王崩成王無所復父不得稱子則逾年即位而稱王雖稱王矣而不能治王事故未嘗即政是以周公當國而治事非攝其位葢行其事也其後七年退而復避則成王於是即位亦非復其位葢復其事也故此詩之序曰成王即位即政非即位也茍成王有即位有即政則周公之未嘗攝位明矣或曰即政亦即位也然則未終喪而為詩以作樂可乎

烈文辟公錫兹祉福惠我無疆子孫保之無封靡于爾邦維王其崇之念兹戎功繼序其皇之無競維人四方其訓之不顯維德百辟其刑之於乎前王不忘

成王朝享於廟諸侯來助者以祖考之命錫之祉福其曰烈文辟公呼而告之也諸侯能奉順王室則子孫安矣無封以專利無靡以專欲則王尊之矣念其先祖之功則繼其序者益大矣勤於擇人則四方順之矣敏於為德則百辟憲之矣凡此五者先王之所

以不忘諸侯而教之也烈烈光也辟公皆君也

烈文一章十三句

天作祀先王先公也

祀時祀也周之初時祀猶及先公

天作高山大王荒之彼作矣文王康之彼徂矣岐有夷之行子孫保之

高山岐山也大王遷於岐山始荒有之亦既作之矣

文王從而安之文王既逝矣岐周之人世載其夷易

之道子孫保之不替也

天作一章七句

昊天有成命郊祀天地也

郊謂冬至祭昊天於圜丘夏至祭地祇於方澤詩稱昊天是以知非祈穀之郊也

昊天有成命二后受之成王不敢康夙夜基命宥密於緝熙單厥心肆其靖之

天將祚周以天下既有成命矣文武受之將成其王

業不敢安也夙夜積德以為受命之基益未甞求之亦未甞舍之也未甞求之所謂宥也未甞舍之所謂密也宥之也者聽其自至也密之也者欲及其時也文武之所以答天命者如此於乎及其和洽而光明也盡其心矣故能定之也此詩有成王不敢康而執競有不顯成康世或以為此言成王誦康王釗也然則周頌有康王子孫之詩矣周公制禮禮之所及樂必從之樂之所及詩必從之故頌之詩施之樂者備

矣後世無容易之且詩曰成王不敢康夙夜基命宥密又曰自彼成康奄有四方成王非基命之君而周之奄有四方非自成康始也

昊天有成命一章七句

我將祀文王於明堂也

此傳所謂祀文王於明堂以配上帝者也記曰有虞氏禘黃帝而郊嚳祖顓頊而宗堯夏后氏亦禘黃帝而郊鯀祖顓頊而宗禹商人禘嚳而郊冥祖

契而宗湯周人禘嚳而郊稷祖文王而宗武王鄭氏以祖宗為明堂之配而王氏以祖宗為不毀之廟予竊以鄭氏為不然何者四代之所禘皆其祖之所自出廟之所不及者也其所祖者廟之所自始者也其所郊者先世之有功者也其所宗者近世之有功者也有虞氏繼堯堯嚳非其姓也故禘黃帝而郊嚳祖顓頊而宗堯黃帝顓頊之所自出而顓頊舜之祖此其不可易者也堯嚳則舜之所

繼而有功者也故舜之將攝也受終於文祖堯之祖也禹之將攝也受命於神宗舜之宗也將以天下予人必告其所從受天下舜之所從受天下者堯也則舜之以堯為宗也明矣夏商之所禘祖猶舜也而其所郊宗則其世之有功者也至周亦然其所以為異者后稷祖也文武皆王業之所自成也故雖以后稷為太祖而其禘於廟也先公之主禘於稷廟先王之主禘於文武之廟雖其所以禘

太祖也雖為文王之詩故文王亦祖矣文王為祖故后稷升於郊此其所以異於夏商而已故祖宗之號非所以施於明堂也

我將我享維羊維牛維天其右之儀式刑文王之典日靖四方伊嘏文王既右享之我其夙夜畏天之威于時保之

將奉也享獻也其享上帝於明堂也奉其牛羊而獻之曰天其尚右我而饗此乎葢不敢必也故自託於

文王庶幾可以致之曰我今儀式刑文王之典以靖天下苟天不遺文王而嘏之其亦既右饗我哉天之難致也如是是以夙夜畏天之威而保文王之法庶幾可得而致也

我將一章十句

時邁巡守告祭柴望也

時邁其邦昊天其子之實右序有周薄言震之莫不震疊懷柔百神及河喬嶽允王維后明昭有周式序在位

載戢干戈載櫜弓矢我求懿德肆于時夏允王保之王者以時巡行邦國曰天其尚子我哉則曰天實右序我有周矣不然四方之諸侯豈其薄震動之而無不震慴以歸周者哉是以能巡守於方嶽柴告天地望秩山川徧於羣神信矣我周王維君矣然我有周豈以是求多於諸侯哉蓋亦次序其朝之羣臣斂其甲兵而肷藏之求有德之人而布之於諸夏以藩屏周室如是而已然後信能保有天下此所謂明也

時邁一章十五句

執競祀武王也

執競武王無競維烈不顯成康上帝是皇有彼成康奄有四方斤斤其明鐘鼓喤喤磬筦將將降福穰穰降福簡簡威儀反反既醉既飽福祿來反

競彊也武王持其彊心為而不捨故天下莫能與之競遂成其王業而安之為天之所君夫周之興也遠矣至於武王成而安之然後能奄有四方使其明無

所不至凡今所以能備其禮樂修其祭祀以受多福者皆武王之德之致也喤喤和也將將集也穰穰衆也簡簡大也反反順習也反復也

執競一章十四句

思文后稷配天也

周頌有祭天之詩三焉其一曰昊天有成命以郊祀天地此所謂帝嚳祀昊天於圜丘而以嚳配之者也其二曰我將祀文王於明堂此所謂宗祀文

王於明堂以配上帝者也其三曰思文后稷配天此所謂郊稷禘其祖之所自出而以其祖配之者也此三者其說皆出於鄭氏古之論郊祀者莫密於鄭氏然世或以其怪而不信予以為鄭氏近之而不善言之故為之辯曰天一而已然而天有五行五行之神而尊之曰五帝不可謂無六天也古之帝王以五行之德迭王天下故以火德者曰炎帝以土德者曰黃帝古之帝王以五德相授而有

天下其來尚矣至於周而為木故以其行王天下則又特祀其神此亦理之當然也然鄭氏之說則怪矣曰昊天者耀魄寶蒼帝者靈威仰赤帝者赤熛怒黄帝者含樞紐白帝者白招拒黑帝者叶光紀帝王之以其德王天下者皆其所感而生者也此尚何以使學者信之然鄭氏之所謂感生者禮之所謂祖之所自出也然則記者亦過矣史稱秦襄公居西方自以為主少皥之神故作西時以祀

白帝其後宣公作密時以祀青帝靈公作吳陽上時以祀黃帝下時以祀炎帝漢高帝曰吾聞天有五帝而不足一何也於是復作北時以祀黑帝其說皆與鄭氏合故鄭氏之說古矣而所以言之非也若失王氏之學有昊天而無五行故曰禮之所謂帝嚳者大祭於廟而以嚳為祖也所謂郊稷者祀昊天而以稷配也所謂祀文王於明堂者亦以配昊天也予竊非之何者周人推其受命之祖曰

文王始封之祖曰后稷故周人之廟至稷而止又推而上之曰后稷生於姜嫄則又立姜嫄之廟曰先妣姜嫄帝嚳之妃而特立廟則嚳無廟矣無廟則無主無主則無以禘無廟則無所禘將禘於后稷之廟是以父而下禘於子孫之廟非禮也且夫肅之所謂其祖之自出者嚳也以嚳為祖之所自出可也未有禘祖之父而以祖配之者也王者之祭天地維外之故為之配以主之禘祖之父而為

之配是外祖之父也由是言之嚳不得與宗廟之禘而祖之所自出者非嚳則所謂禘嚳者誠配天也

思文后稷克配彼天立我烝民莫匪爾極貽我來牟帝命率育無此疆爾界陳常于時夏

堯遭洚水之患黎民阻饑后稷播百穀以食之然後民復粒食也方是時也天降嘉種以遺之使徧養於四方無曰此吾疆也彼爾界也布之於諸夏使常種

之而後已立粒通極中也能粒烝民者后稷之功也能建皇極者后稷之德也使稷有粒民之功而無皇極之德物我遠近存於心則安能陳常於時夏若此其廣乎惟其功德相濟是以謂之文也不然服田力穡之人而能使其子孫代有天下八百年不絶乎自后稷以來世之有功於民者爲不少矣而未見有其德者是以終不能有天下雖或有天下亦未見若是其久者也得非其舊德乎來牟麥也

思文一章八句

臣工之什　周頌

臣工諸侯助祭遣於廟也

嗟嗟臣工敬爾在公王釐爾成來咨來茹嗟嗟保介維莫之春亦又何求如何新畬於皇來牟將受厥明明昭上帝迄用康年命我衆人庤乃錢鎛奄觀銍艾

釐賜也茹度也保介車右也月令孟春天子親載耒耜錯之于參保介之御間田一歲曰新三歲曰畬庤

具也錢銚也鎛鎒也銍穫也諸侯朝正於王因助祭於廟祭終而遣之遂戒其羣臣百工曰戒爾公事王旣賜爾成法有所不知則來咨度以定之既又戒其車右曰今既莫春矣其亦視爾田事問其如何而勸督之昔后稷播殖百穀天實降之嘉種大受其明以至于今常有豐歲爾其亦使衆人具其田器以勸田事其亦大有刈矣

臣工一章十五句

噫嘻春夏祈穀于上帝也

謂啟蟄而郊龍見而雩是也

噫嘻成王既昭假爾率時農夫播厥百穀駿發爾私終三十里亦服爾耕十千維耦

噫嘻歎也天之所以成我王業者既昭至矣我今率是佃田之農夫令無不咸播百穀曰其大發爾私盡三十里而後已既令之民之服其耕者萬人皆出於野言人事盡矣所不足雨耳是以告之天也私民田

也上之告民則先其私民之奉上則先其公曰雨我公田遂及我私交相愛也周官凡治野夫間有遂遂上有徑十夫有溝溝上有畛百夫有洫洫上有塗千夫有澮澮上有道萬夫有川川上有路萬夫之地方三十二里有半言三十里舉成數也耜廣五寸二耜為耦萬夫故萬耦

噫嘻一章八句

振鷺二王之後來助祭也

二王後杞宋也

振鷺于飛于彼西雝我客戾止亦有斯容在彼無惡在此無斁庶幾夙夜以永終譽

振羣飛貌也雝澤也二王之後於周爲客戾至也言容之至於廟者其容貌之修潔如鷺之集於澤也在彼在國也在此在周也在國無惡之者在周無厭之者然猶庶幾其能夙夜以永終此譽愛之至也

振鷺一章八句

豐年秋冬報也

報謂秋祭四方冬祭八蜡

豐年多黍多稌亦有高廩萬億及秭為酒為醴烝畀祖

妣以洽百禮降福孔皆

稌稻也數萬至萬曰億數億至億曰秭烝進也畀予

也皆徧也豐年載芟皆非宗廟之詩而曰烝畀祖妣

何也以為所以能進享先祖者皆方蜡社稷之功也

豐年一章七句

有瞽始作樂而合乎祖也

始作樂謂周公始成大武也祖謂太祖文王也

有瞽有瞽在周之庭設業設虡崇牙樹羽應田縣鼓鞉

磬柷圉既備乃奏簫管備舉喤喤厥聲肅雝和鳴先祖

是聽我客戾止永觀厥成

瞽樂官也崇牙上飾也樹羽置羽也應小鞞也田當

作𣗳應鞞之屬也皆在縣鼓之上縣鼓大鼓也周人

始縣鞉鞉小鼓也柷控也圉揭也簫編小竹管為之

管如篴併而吹之

有鬵一章十三句

潛季冬薦魚春獻鮪也

季冬魚潔而美春鮪新來故獻于宗廟

猗與漆沮潛有多魚有鱣有鮪鰷鱨鰋鯉以享以祀以介景福

漆沮岐周之二水也潛糝也鱣大鯉也鮪鮥也鰷白鰷也鰋鮎也

潛一章六句

雝禘太祖也

禘宗廟之大祭所謂大禘祫者也太祖文王也言周人以諱事神而此詩有克昌厥後則太祖非文王也然周之所謂諱者不以其名號之耳不遂廢其文也諱其名而廢其文者後世之禮而非周之故疑之過矣

有來雝雝至止肅肅相維辟公天子穆穆於薦廣牡相

予肆祀
其来也和其至也敬其助者公侯其薦者天子也故
於其薦大牡也皆助陳其饌言得天下之歡心也
假哉皇考綏予孝子宣哲維人文武維后燕及皇天克
昌厥後綏我眉壽介以繁祉既右烈考亦右文母
大哉我皇考文王之安我也其臣明哲其君文武故
能安人以及於天天地神人莫不蒙享其利故能昌
其後嗣安之以眉壽助之以多福然此非獨文王之

致也文母大姒之德亦有以右我矣大禘之禮先王

之臣有與祭者故於是稱宣哲維人焉

雝一章十六句

載見諸侯始見乎文武廟也

烈文言成王即政諸侯助祭而載見言諸侯始見

乎武王廟則載見之作也成王未即政歟

載見辟王曰求厥章龍旂陽陽和鈴央央鞗革有鶬休

有烈光率見昭考以孝以享以介眉壽永言保之思皇

多祜烈文辟公綏以多福俾緝熙于純嘏

載始也軾前曰和旂上曰鈴鶬金飾貌也諸侯始來見王求法度以好其車服從之以祭武王之廟思介之以眉壽而大其多祜而王之所以待辟公者則亦以多福綏之使和合於神之所嘏言君臣相與之厚也

載見一章十四句

有客微子來見祖廟也

有客有客亦白其馬有萋有且敦琢其旅有客宿宿有客信信言授之縶以縶其馬薄言追之左右綏之既有淫威降福孔夷

殷尚白亦仍也言仍殷之舊也萋萋且且敬慎貌也敦琢選擇之也旅其卿大夫也一宿曰宿再宿曰信縶其馬者愛之不欲其去也追送也左右綏之言所以安之無方也淫大也夷易也能威人則能福人矣愛之至故欲其能威福人也

有客一章十二句

武奏大武也

於皇武王無競維烈允文文王克開厥後嗣武受之勝殷遏劉耆定爾功

於乎大矣武王無競之功文王開之也文王既開其迹武王嗣而受之勝殷而止其殺人其成功也老矣

武迹也遏止也劉殺也耆考也

武一章七句

閔予小子之什　周頌

閔予小子嗣王朝於廟也

閔予小子遭家不造嬛嬛在疚於乎皇考永世克孝念兹皇祖陟降庭止維予小子夙夜敬止於乎皇王繼序思不忘

成王始見於宗廟自傷嬛嬛無所依怙曰於乎我皇考武王終身能孝維念我皇祖文王以其直心陟降天人之際無有不違今我夙夜敬止則亦不忘此而

已益周之先君能陟降在帝左右者惟文王也庭直也

閔予小子一章十一句

訪落嗣王謀於廟也

訪予落止率時昭考於乎悠哉朕未有艾將予就之繼猶判渙維予小子未堪家多難紹庭上下陟降厥家休矣皇考以保明其身

閔予小子成王朝廟言將繼其祖考之詩也訪落謀

所以繼之之詩也訪謀也落始也曰予將謀之於始以循我昭考武王之德然而其道遠矣予不能及也將使予勉彊以就之猶恐判涣不合也今將紹文王以其直心交際上下常若陟降近在其家者美哉此皇考之所以保明其身者將何以致此哉

訪落一章十二句

敬之羣臣進戒嗣王也

敬之敬之天維顯思命不易哉無曰高高在上陟降厥

吉日監在茲維予小子不聰敬止日就月將學有緝熙于光明佛時仔肩示我顯德行

敬之羣臣所以答訪落也故戒之曰天命之於人顯矣不可易也無謂其高而不吾察非獨人君陟降在帝左右天亦常陟降以察其士而況於王乎王之不可不敬者如此王曰我未能明所謂敬者庶幾日有所就月有所成講之以學使心之光明者和洽而見於外又屬任輔拂使導我以德行可以答天顯者然

後敬可得也佛輔也仔肩任也

敬之一章十二句

小毖嗣王求助也

毖慎也慎之於小則大患無用至矣

予其懲而毖後患莫予荓蜂自求辛螫肇允彼桃蟲拚飛維鳥未堪家多難予又集于蓼

荓使也桃蟲鷦鷯也古語曰鷦鷯生鵰始小而終大蓼取其辛苦也成王始信二叔以疑周公既而悟其

奸故曰予其懲是以毖後患羣臣勿使予者矣予猶蜂耳苟使予予將螫女昔也始信以為是桃蟲耳無能為也及其翻然而飛則大鳥也予方未堪多難而又集於辛苦之地其奈何舍我而弗助哉

小毖一章八句

載芟春籍田而祈社稷也

禮王為民立社曰大社自為立社曰王社王社在籍田中籍田所祈也

載芟載柞其耕澤澤千耦其耘徂隰徂畛侯主侯伯侯
亞侯旅侯彊侯以有嗿其饁思媚其婦有依其士有略
其耜俶載南畝播厥百穀實函斯活驛驛其達有厭其
傑厭厭其苗緜緜其麃載穫濟濟有實其積萬億及秭
為酒為醴烝畀祖妣以洽百禮有飶其香邦家之光有
椒其馨胡考之寧匪且有且匪今斯今振古如茲
載始也除草曰芟除木曰柞澤澤解散也耘除根株
也隰新發之田也畛舊田有術路者也主家之長也

伯其長子也亞仲叔也旅衆子弟也强民之有餘力而來助者所謂强予也能左右之曰以所謂閒民轉徙執事者也嗿嗜食聲也依愛也略利也函含也活生也既播之其實含氣而生也驛驛苗生貌也達出土也厭厭然茂甚也傑先長者也緜緜詳密也麃耘也濟濟人衆貌也飶𩜁皆香也以燕饗賓客則邦家之光也以養耆老則胡考之所以安也且此也振自也

載芟一章三十一句

良耜秋報社稷也

畟畟良耜俶載南畝播厥百穀實函斯活或來瞻女載筐及筥其饟伊黍其笠伊糾其鎛斯趙以薅荼蓼荼蓼朽止黍稷茂止穫之挃挃積之栗栗其崇如墉其比如櫛以開百室百室盈止婦子寧止殺時犉牡有捄其角以嗣以續續古之人

畟畟嚴利也或來瞻女婦子之來饁者也筐筥饟具

也糾然笠之輕舉也趙刺也荼陸草也蓼水草也挃挃穫聲也栗栗精也百室一族之人也族人輩作相助故同時入穀犉牡社稷之牲也以嗣以續與來歲繼往歲也續古之人庶幾不替其先也

良耜一章二十三句

絲衣繹賓尸也

祭之明日復祭曰繹所以賓尸也天子諸侯曰繹以祭之明日卿大夫曰賓尸以祭同日周曰繹商

曰彤毛氏之序稱高子之言曰靈星之尸也絲衣本宗廟之詩其稱靈星旣巳失之然有以知毛氏雜取衆說以解經非皆子夏之言凡類此耳

絲衣其紑載弁俅俅自堂徂基自羊徂牛鼐鼎及鼒兕觥其觩旨酒思柔不吴不敖胡考之休

絲衣爵弁士助祭服也紑鮮潔貌也俅俅恭也堂門堂也基門塾之基也鼐大鼎也鼒小鼎也吴譁也禮繹於廟門之外其禮薄於正祭故使士升門堂視壺

濯及籩豆降適於基告濯具遂視牲自羊而之牛反告充已乃舉鼏冪告絜然後祭祭終旅酬而置罰爵無有讙譁敖慢者於是神畀之以胡考之福

絲衣一章九句

酌告成大武也

於鑠王師遵養時晦時純熙矣是用大介我龍受之蹻蹻王之造載用有嗣實維爾公允師

鑠盛也遵循也熙光也介助也蹻蹻武貌也載始也

晦晦而益明其後既純光矣則天下無不助之者文王於是遂寵受之蹻然起而王之夫文王既造其始矣故其後有嗣之者武王之興也實維文王之事信爲之師夫方其不可而晦見其可而王之此所以爲酌也而毛詩之序曰能酌先祖之道以養天下則是詩之所不言也

酌一章八句

桓講武類禡也

王者将出征則講武而類上帝禡于所征之地

綏萬邦屢豐年天命匪解桓桓武王保有厥士于以四方克定厥家於昭于天皇以間之

武王克商以安天下屢獲豐年之祥矣然天命之於周久而不厭也故武王桓桓保有其衆用之四方于以安定其國家其德上昭于天遂以代商有天下言武之不可廢也皇君也間代也

桓一章九句

賚大封於廟也

賚予也

文王既勤止我應受之敷時繹思我徂維求定時周之命於繹思

敷布也時是也繹陳也思辭也文王之勤勞天下至矣其子孫應受而有之然而不敢專也是以布陳之以與人維以行求天下之定而已非求利也此周之所以命諸侯者於乎其陳之歎之也

賚一章六句

般巡守而祀四嶽河海也

般般遊也

於皇時周陟其高山嶞山喬嶽允猶翕河敷天之下裒時之對時周之命

嶞狹長也喬高也猶道也翕河大河受衆水者也裒總也對答也於乎美哉王之巡行天下也陟其山嶽而道於大河思其有功於民是以至于敷天下無不

總答具功者功周之命也

般一章七句

詩集傳卷十八

欽定四庫全書

詩集傳卷十九

宋 蘇轍 撰

魯頌

魯少昊之墟而禹貢徐州大野蒙羽之野成王以封周公之子伯禽十九世至僖公魯人尊之其没也其大夫季孫行父請於周而史克為之頌然魯以諸侯而作頌世或非之余以為不然詩有天子之風有諸

侯之風有天子之頌有諸侯之頌二者無在而不可凡為是詩者則為是名矣古之王者治其室家而後及於其國故以家為本以國為末家者風之所自出而國者雅之所自成也其為本也必約而精其為末也必大而粗約而精者其微也大而粗者其著也微則易失著則難喪是以文武之詩始於二南而繼之以二雅先其本也方其盛也其風加於天下横被而獨見則有二南而無諸侯之風其後王德既衰衰始

於室家二南之風先絶而不繼國異政家殊俗則周人之風不能及遠而獨爲黍離諸侯之風分裂而爲十一故風之爲詩無所不在也當是時也王者之風雖亡然其所以爲國猶在也故雖幽厲之世而雅不絶至於平王東遷而喪其所以爲國則雅於是遂廢故詩惟雅爲非天子不作也頌之爲詩本於其德而已故天子有德於天下則天下頌之諸侯有德於其國則國人頌之商周之頌天下之頌也魯人之頌其

國之頌也故頌之爲詩無所不在也是二者無所不在故其用之於樂也亦然記曰天子之射也以騶虞爲節諸侯以貍首爲節大夫以采蘋爲節士以采蘩爲節諸侯相見歌文王大明緜大饗升歌清廟下而管象客出以雍徹以振羽饗鄰國之使歌鹿鳴四牡皇皇者華天子諸侯未有不以風雅頌爲樂之節者也然古之說詩者則不然曰一國之事繫一人之本謂之風言天下之事形四方之風謂之雅美盛德之

形容而告於神明謂之頌然則風之作本於諸侯而雅頌之作本於天子及其考之於詩而不然於是從而為之説曰二南之為風文王之未王也黍離之為風大師之自黜也魯之為頌諸侯之僭也及其考之於樂而不然於是又從而為之説曰天子之樂之歌風下就也諸侯之樂之歌雅上取也既為一説而不合又為一説以救之要將以尊天子而黜諸侯是以學者疑之今將折之莫若反而求其所以為風為頌

之實曰風言其風俗之實也頌頌其德頌之實也豈有天子而無俗諸侯而無德者哉葢古之王者慎其德而無失其政使天下之諸侯不善者廢善者不能獨見其化一出於天子未嘗禁其為詩而其詩亦無由而作也及至王德已衰諸侯國自為政善惡雜然交見於下雖欲禁其為詩其勢亦不可得止矣故未嘗為之制徒一其政於天下則天子之詩獨見於世諸侯之詩熄矣

駉

駉頌僖公也

駉駉牡馬在坰之野薄言駉者有驈有皇有驪有黄以車彭彭思無疆思馬斯臧

駉駉腹幹肥張也邑外謂之郊郊外謂之牧牧外謂之野野外謂之林林外謂之坰農利於近而遠不害馬故養馬於坰不以馬害農也驪馬白跨曰驈黄白曰皇純黑曰驪黄騂曰黄彭彭有力容也諸侯六閑

馬四種有良馬有戎馬有田馬有駑馬故此詩四章以次言之僖公推其誠心以治其國家其思慮無所不及以為不可偏舉故舉其一曰思馬斯臧苟思馬而馬善則凡其思慮之所及未有不善者也非至誠而能若是乎

駉駉牡馬在坰之野薄言駉者有騅有駓有騂有騏以車伾伾思無期思馬斯才

蒼白雜毛曰騅黄白雜毛曰駓赤黄曰騂蒼祺曰騏

伾伾有力也才材力也

駉駉牡馬在坰之野薄言駉者有驒有駱有駵有雒以車繹繹思無斁思馬斯作

青驪驎曰驒白馬黑鬣曰駱赤身黑鬣曰駵黑身白鬣曰雒繹繹善走也斁厭也作奮起也

駉駉牡馬在坰之野薄言駉者有駰有騢有驔有魚以車祛祛思無邪思馬斯徂

陰白雜毛曰駰彤白雜毛曰騢豪骭曰驔二目白曰

魚祛祛彊徤也徂行也孔子曰詩三百一言以蔽之曰思無邪何謂也人生而有心心縁物則思故事成於思而心喪於思無思其正也有思其邪也有心未有無思者也思而不留於物則思而不失其正正存而邪不起故易曰閑邪存其誠此思無邪之謂也然昔之爲此詩者則未必知此也孔子讀詩至此而有會於其心是以取之葢斷章云爾

駉四章章八句

有駜頌僖公也

有駜有駜駜彼乘黃夙夜在公在公明明振振鷺鷺于下鼓咽咽醉言舞于胥樂兮

駜馬肥强貌也人之於馬也將用其力則致其養以肥强之馬之肥强非有所自用亦以為人用而已僖公盡其養以養臣臣盡其力以報君亦猶是故曰夙夜在公在公明明言未始不在公也僖公於是燕之以禮樂士之來者如鷺之集其醉者或起舞以相樂

和之至也

有駜有駜駜彼乘牡夙夜在公在公飲酒振振鷺鷺于飛鼓咽咽醉言歸于胥樂兮有駜有駜駜彼乘駽夙夜在公在公載燕自今以始歲其有君子有穀詒孫子于胥樂兮

青驪曰駽有歲豐年也穀祿也臣安其君故願其富且有後也

有駜三章章九句

泮水頌僖公也

此詩言既作泮宮遣將出兵以克淮夷閟宮言公子奚斯作新廟今考於春秋其事皆不載世有以是疑二詩之妄者予嘗辨之泮宮魯之學也閟宮魯之廟也自魯先君而有之矣僖公因其舊而修之是以不見於春秋至於淮夷之功予亦疑焉然此詩有之式固爾猶淮夷卒獲有所未獲而欲終之則其所獲尚少也自僖公至於孔子八世事之

小者容有失之其大者未有不録也今此詩之言甚美而大則君臣之辭歟或曰以君臣而為此辭可也而孔子録之可乎曰維可之是以録之録其所可而去其所不可此孔子之所以為詩也子貢曰紂之不善不如是之甚也是以君子惡居下流天下之惡皆歸焉孟子曰吾於武成取二三策而已以至仁伐不仁何其流血之漂杵夫二子之言信矣然孔子未嘗以廢周書葢好惡之言必有過

者要不以惡為善則已矣此達者之所自諭也

思樂泮水薄采其芹魯侯戾止言觀其旂其旂茷茷鸞聲噦噦無小無大從公于邁

天子之學曰辟雝諸侯曰泮宮辟雝水圜如璧泮宮半之也僖公作泮宮而其民樂之曰吾思樂泮水之上雖無所得聊采其芹而足矣況於往而見魯侯哉茷茷飛揚也噦噦和也

思樂泮水薄采其藻魯侯戾止其馬蹻蹻其馬蹻蹻其

音昭昭載色載笑匪怒伊教

僖公之至於泮宮也則好其顔色和其笑語未嘗有所怒也教之而已

思樂泮水薄采其茆魯侯戾止在泮飲酒既飲旨酒永錫難老順彼長道屈此羣醜

茆鳧葵也僖公與其羣臣飲酒於泮宮咸願神錫之以難老使之順從長道以屈羣衆夫茍無其人雖有其道不能從也茍無其道雖有其衆不能服也是以

頌僖公之難老也

穆穆魯侯敬明其德敬愼威儀維民之則允文允武昭

假烈祖靡有不孝自求伊祜

烈祖伯禽也僖公信文且武其明至於伯禽故魯人

化之無有不孝者

明明魯侯克明其德既作泮宮淮夷攸服矯矯虎臣在

泮獻馘淑問如臯陶在泮獻囚

古之出兵受成於學及其反也釋奠於學而以訊馘

告

濟濟多士克廣德心桓桓于征狄彼東南烝烝皇皇不吳不揚不告于訩在泮獻功

狄古逖通訩訟也言其羣臣無忿悁之心故於其征淮夷而逖遠之於東南也雖烝烝其衆皇皇其大未嘗有讙譁輕揚相告於訟者是以能成功而還獻之於泮宮

角弓其觩束矢其搜戎車孔博徒御無斁既克淮夷孔

淑不逆式固爾猶淮夷卒獲

觩弓健貌也搜矢疾聲也束矢百矢也僖公兵戎精繕士卒競勸故能克淮夷甚善而不逆君子於是告之使益固其道庶幾淮夷可以盡得也

翩彼飛鴞集于泮林食我桑黮懷我好音憬彼淮夷來獻其琛元龜象齒大賂南金

鴞惡聲鳥也食泮林之黮而猶以好音歸之況於人安有不化服者哉憬覺悟也琛寶也賂遺也南金荆

揚之金也荆揚之貨其至於齊魯也自淮而上

泮水八章章八句

閟宫頌僖公也

樂泮水頌僖公能修泮宫也閟宫頌僖公能復周公之宇也夫此詩所謂居常與許復周公之宇者人之所以願之而其實則未能也而遂以為頌其能復周公之宇是以知三詩之序皆後世之所增而駉之序則孔氏之舊也

閟宮有侐實實枚枚赫赫姜嫄其德不回上帝是依無災無害彌月不遲是生后稷降之百福

魯以周公故得立姜嫄之廟僖公修而新之閟深也侐清淨也實實鞏固也枚枚礱密也

黍稷重穋稙穉菽麥奄有下國俾民稼穡有稷有黍有稻有秬奄有下土纘禹之緒

先種先熟曰稙後種後熟曰穉洪水既平后稷乃始播種百穀故曰纘禹之緒

后稷之孫實維大王居岐之陽實始翦商至于文武纘
大王之緒致天之届于牧之野無貳無虞上帝臨女敦
商之旅克咸厥功
届極也敦并之也咸兼也能兼舉先祖之功也
王曰叔父建爾元子俾侯于魯大啓爾宇為周室輔乃
命魯公俾侯于東錫之山川土田附庸
王成王也叔父周公也元子魯公伯禽也附庸不能
自達於天子而附於大國也

周公之孫莊公之子龍旂承祀六轡耳耳春秋匪解享祀不忒皇皇后帝皇祖后稷享以騂犧是饗是宜降福既多

莊公之子僖公也成王以周公有大功於王室故命魯公以夏正郊祀上帝配以后稷牲用騂牡

周公皇祖亦其福女秋而載嘗夏而福衡白牡騂剛犧尊將將毛炰胾羹籩豆大房萬舞洋洋孝孫有慶俾爾熾而昌俾爾壽而臧保彼東方魯邦是常不虧不崩不

震不騰三壽作朋如岡如陵

皇祖伯禽也楅衡施於牛角所以止觸也秋將嘗而夏楅衡其牛言夙戒也白牡周公之牲也騂剛魯公之牲也羣公不毛犧尊尊之以牛飾者也毛炰豚也胾切肉也羹大羹鉶羹也大房半體之俎也慶尸嘏主人也其下皆嘏辭也三壽三卿也此二章言僖公致敬郊廟而神降之福也

公車千乘朱英綠縢二矛重弓公徒三萬貝冑朱綅烝

徒增增戎狄是膺荆舒是懲則莫我敢承俾爾昌而熾俾爾壽而富黄髪台背壽胥與試俾爾昌而大俾爾耆而艾萬有千歲眉壽無有害

大國之賦千乘兵車之制甲士三人左持弓右持矛中人御朱英所以飾矛緑縢所以約弓也周禮萬二千五百人為軍魯自襄公始作三軍僖公之世二軍而已二軍而曰三萬成數也司馬法兵車千乘為七萬五千人而曰公徒三萬者大國之賦適滿千乘苟

盡用之是舉國而行也故其用之也大國三軍次國二軍而已貝冑貝飾冑也朱綅所以綴也增增衆也膺當也承禦也可以當戎狄懲荆舒而莫之禦言其强也此二章言僖公治其軍旅繕其車甲器械故其民無不欲其昌大壽考而託之以為安也壽胥與試者願其壽而相與試其才力以為之用也

泰山巖巖魯邦所詹奄有龜蒙遂荒大東至于海邦淮夷來同莫不率從魯侯之功保有鳧繹遂荒徐宅至于

海邦淮夷蠻貊及彼南夷莫不率從莫敢不諾魯侯是若天錫公純嘏眉壽保魯居常與許復周公之宇魯侯燕喜令妻壽母宜大夫庶士邦國是有既多受祉黃髮兒齒

泰山齊魯之望也詹至也龜蒙鳧繹魯之四山也故春秋齊人歸鄆讙龜陰之田禹貢徐州蒙羽其乂嶧陽孤桐魯之疆則止於此四山其餘則其東南勢相聯屬可以服從之國也常許魯之故地而未復者也

春秋鄭伯以璧假許田常或作嘗齊有孟嘗豈為齊所侵歟此三章言僖公懷柔遠方至於淮海蠻貊之國莫不服從而願其壽考以復魯之侵地宜其室家臣庶以保有其所服從之國也

徂徠之松新甫之柏是斷是度是尋是尺松桷有舄路寢孔碩新廟奕奕奚斯所作孔曼且碩萬民是若

徂徠新甫皆山也八尺曰尋舄大貌也新廟姜嫄廟也修舊曰新奚斯公子子魚也曼修廣也僖公上為

神之所福內為國人之所安外為鄰國之所懷於是
修舊起廢治其宫室寢廟以順萬民之望
閟宫十三章五章章九句四章章八句一章十
二句一章十一句二章章十句
此詩百二十句舊分八章非也當以此為正
商頌
那
契為舜司徒而封於商傳十四世而成湯受命其後

既衰則三宗迭興及紂為武王所滅封其庶兄微子啟於宋以奉商後其地在禹貢徐州泗濱西及豫州盂豬之野其後政衰商之禮樂日以放失七世至戴公其大夫正考父得商頌十二篇於周太師歸以祀其先王至孔子編詩而亡其七篇然春秋之際大國畧皆有變風宋魯獨無風而有頌鄭氏疑而為之說曰宋王者之後也魯聖人之後也是以天子巡守不陳其詩蓋所以禮之也予聞周之盛時千八百國雖

後世陵遲力强相吞而春秋所見猶百有七十餘國變風之作先於春秋數世矣而詩之載於太師者獨十三國其不見於詩者豈復皆有說哉意者列國不皆有詩其有詩者雖檜曹之小邶鄘魏之亡而有不能已其無詩者雖燕蔡之成國宋魯之禮樂而有不能作且非獨此也齊桓晉文霸者之盛也而皆不得有詩桓附於衛文附於秦皆止於一見衛莊姜齊襄公鄭昭公事至微矣然其詩屢作而不止益事有適

然而無足疑者若夫吴楚之國雖大而用夷且僭周室則雖其無詩葢亦學者之所不道也

那祀成湯也

猗與那與置我鞉鼓奏鼓簡簡衎我烈祖湯孫奏假綏我思成鞉鼓淵淵嘒嘒管聲既和且平依我磬聲於赫湯孫穆穆厥聲庸鼓有斁萬舞有奕我有嘉客亦不夷懌自古在昔先民有作温恭朝夕執事有恪顧予烝嘗湯孫之將

猗美也那多也置植也夏足鼓商植鼓周懸鼓鞉鼓皆所以節樂也衎樂也假至也磬玉磬也庸大鐘也容二王後也將奉也記曰商人尚聲臭味未成滌蕩其聲樂三闋然後出迎牲故其祀成湯也取其所植鞉鼓而奏之以作樂以樂其烈祖成湯樂奏而湯孫至曰以是安我所思成之人記曰齋之日思其居處思其笑語思其志意思其所樂思其所嗜齋三日乃見其所為齋者凡此皆非有也而生於其思故謂之

思成於是鞉鼓管籥作於堂下其聲依堂上之玉磬無相奪倫者至於九獻之後鐘鼓交作萬舞陳於廷而祀事畢矣於是王者之後皆來助祭無不和悅者以為凡此皆湯德之致也故曰自古在昔先民成湯造商而遺之子孫我今賴之温恭朝夕執事於此而已湯其尚顧予烝嘗哉此湯孫之所奉者庶幾其顧之也

那一章二十二句

烈祖祀中宗也

中宗大戊也

嗟嗟烈祖有秩斯祜申錫無疆及爾斯所既載清酤賚我思成亦有和羮既戒既平鬷假無言時靡有爭綏我眉壽黄耉無疆約軝錯衡八鸞鶬鶬以假以享我受命溥將自天降康豐年穰穰來假來饗降福無疆顧予烝嘗湯孫之將

嗟乎我烈祖成湯有秩秩無窮之福可以申錫於無

疆以及爾中宗之所故中宗猶以其餘福復興我今既載清酒於尊以畀我所思成之人又重之以和羹於時百官總至於廟肅然無言靡有爭者故其耇老黄耇無疆之人咸安於其位修潔其車服以來助祭既至而獻其國之所有凡於我受命者溥且大矣於是天降之豐歳以供其粢盛言人既助之天又應之然後庶幾祖考來格而饗其祭報之以福曰其尚顧予烝嘗哉此湯孫之所奉也賚我思成猶言烝畀祖

妣古語質也鬷總也

烈祖一章二十二句

元鳥祀高宗也

祀當作祫古者君喪三年而祫明年春禘自此之後五年而再殷祭一禘一祫祫祭之禮毀廟與未毀廟之主皆升合食於太祖此詩除高宗之喪而始祫之詩也故歷言商之先君至高宗而止又以太禘之詩次之而後繼以時祀高宗之詩高宗武丁也

天命元鳥降而生商宅殷土芒芒古帝命武湯正域彼四方方命厥后奄有九有商之先后受命不殆在武丁孫子武丁孫子武王靡不勝龍旂十乘大糦是承邦畿千里維民所止肇域彼四海四海來假來假祈祈景員維河殷受命咸宜百禄是何

元鳥鳦也古猶言昔也糦黍稷也景大也員均也契母簡狄有娀氏之女為帝嚳次妃見元鳥墮其卵而吞之因孕生契堯封之於商十四世而至於湯始受

命以正域四方之諸侯四方之君罔不受遂奄九州而有之其後世世受天命無有危殆以至武丁之子孫以武德王天下無所不勝是以諸侯建龍旂乗車奉黍稷以來助祭夫天子所居畿内千里自足以疆域四方四方諸侯賴之以安故其至者祈祈其多其大而均如衆水之赴河咸曰殷受天命天下莫不宜之者宜其能何天祿也此助祭者所以若是其多也

元鳥一章二十二句

長發大禘也

大禘宗廟之禘也故其詩歷言商之先君又及其

卿士伊尹伊尹蓋與祭於禘也

濬哲維商長發其祥洪水芒芒禹敷下土方外大國是

疆幅隕既長有娀方將帝立子生商

濬深也哲明也京師方之内也諸夏方之外也幅廣

也隕均也商之受命深遠而明其祥之見也久矣唐

虞之際禹疏積水以疆理諸夏之國有娀於是始大

上帝則已立其女簡狄之子以造商室矣

元王桓撥受小國是達受大國是達率履不越遂視既發相土烈烈海外有截

元王契也桓武也撥治也契之為人武而能治授之以國政無不能達所謂在家必達在邦必達者也率循也履蹈也契之所循蹈未嘗出中然其於事能洞視其情而遽發以應之相土契之孫也

帝命不違至于湯齊湯降不遲聖敬日躋昭假遲遲上

帝是祗帝命式于九圍

商之先祖既有明德天命未嘗去之至於湯而王業成與天命會焉湯之所以自降下者甚敏而不遲故其德日以益升明假于天然而其心未嘗汲汲於有天下凡以敬夫天命而已於是天命之使用式於九圍九圍九州也

受小球大球為下國綴旒何天之休不競不絿不剛不柔敷政優優百祿是遒

球玉也小球鎮圭長尺二寸大球珽長三尺天子之所服也湯既受命執圭搢珽以臨朝會非以寵其身也所以挈有下國如旌旗之綴旒焉絿急也遒聚也

受小共大共為下國駿厖何天之龍敷奏其勇不震不動不戁不竦百祿是總

共珙通合珙之玉也駿大也厖厚也龍寵也戁竦懼也

武王載旆有虔秉鉞如火烈烈則莫我敢曷苞有三蘖

莫遂莫達九有有截韋顧既伐昆吾夏桀

武王湯也曷遏通苞本也櫱餘也本則夏桀櫱則韋

顧昆吾也韋豕韋彭姓也顧及昆吾已姓也湯既受

命載旆秉鉞以征不義桀與三櫱皆不能自達於天

下故天下截然歸商於是遂伐韋顧既克之則以伐

昆吾夏桀焉

昔在中葉有震且業允也天子降予卿士實維阿衡實

左右商王

自契至湯其間蓋有微弱震動之憂歟信矣天之子商也降之卿士以左右商王而後商室以興阿衡伊尹也

長發七章一章八句四章章七句一章九句一章六句

殷武祀高宗也

撻彼殷武奮伐荆楚罙入其阻裒荆之旅有截其所湯孫之緒

撻疾意也罙深也裒聚也自盤庚没而殷道衰楚人
叛之高宗撻然用武以伐其國入其險阻以致其衆
盡有罪以齊一之使皆即用高宗之次緒易曰高宗
伐鬼方三年克之葢謂此歟

維女荊楚居國南鄉昔有成湯自彼氐羌莫敢不來享
莫敢不來王曰商是常

既克之則告之曰爾雖遠居吾國之南耳昔成湯之
世雖氐羌猶莫敢不來朝曰此商之常禮也况於汝

荆楚則曷敢不至哉

天命多辟設都于禹之績歲事來辟勿予禍適稼穡匪解

荆楚既服天命諸夏之君凡建國于禹迹者咸以歲事來見於王以祈王之不譴曰予稼穡匪解庶可以免咎矣

天命降監下民有嚴不僭不濫不敢怠遑命于下國封建厥福

天監視商爲下民之所嚴而不僭不濫不敢怠遑故使之制命于下國封建其所當福

商邑翼翼四方之極赫赫厥聲濯濯厥靈壽考且寧以保我後生

諸侯歸之上帝予之故能以商邑爲四方之中赫赫濯濯光明也後生子孫也

陟彼景山松柏丸丸是斷是遷方斲是虔松桷有梴旅楹有閑寢成孔安

天下既治然後伐其松柏而新其宮室既成而無所不安德之至也景山大山也丸丸易直也遷徙也虔敬也梴長貌也旅楹衆楹也司馬遷言宋襄公修仁行義欲為盟主其大夫正考父美之故追道契湯高宗殷之所以興作商頌其說葢出於韓詩近世學者因此詩有奮伐荆楚則以襄公伐楚之事當之遂以韓嬰之說為信予考商頌五篇皆盛德之事非宋之所宜有且其詩有邦畿千里維民所止肇域彼四海

命于下國封建厥福此類非復諸侯之事無可疑者襄公伐楚而敗於泓幾以亡國此宋之大恥既非其所當頌而長發之詩謂湯武王苟誠襄公之頌周有武王豈復以命湯哉

殷武六章三章章六句二章章七句一章五句

詩集傳卷十九

總校官候補知府臣葉佩蓀
校對官學正臣沈培
謄錄監生臣吳璞